IT English

倍斯特出版事業有限公司
Best Publishing Ltd.

科技英文單字句型

邁向國際的必備關鍵

MP3

維修測試英文怎麼說？系統整合是什麼？用英文怎麼聊研發？
掌握3大學習關鍵，台灣科技人立即進攻全球IT業！

CF Hsu ◎ 著

> 看科技業各情境的介紹＋知識補給站，菜鳥立即上手、
> 老鳥能力晉級！

輕鬆閱讀科技高手趣味又專業的分享，字彙的使用情境
摸清了，即能立即在各流程上用對單字，將英文專業語
彙用在系統整合、軟體開發、售後服務等情境！

> 學一問三答的精準問答，掌握重要單字、口說應答句
> 型，一次解決字彙量不足，溝通不順的問題！

透過一問三答熟悉各流程單字、句型的使用方式，在工
作上正確「講」出診斷系統、維修服務等這些難字，即
刻為科技人在分秒必爭的職場中，取得優勢！

> 用「聽」的記憶單字，一邊用「字首、字根、字尾」
> 強化印象，擺脫「不敢說」、「怕說錯」的困境！

聽外籍老師正統發音，確實記下單字念法，遇上軟體
測試、維持存貨等挑戰時，能從容面對！

Preface 作·者·序

　　生活中充斥著各式各樣的科技，但是很多時候我們對於不熟悉的領域，加上又是英文，就會卻步而不敢繼續了解。然而語言這個東西，如果沒有勇敢的邁出第一步，就很難會有進步的空間，這麼多年來學習英語的經驗告訴我，自信心的建立很重要，而且千萬不要怕錯。

　　英語不是我們的母語，發音不好、文法不對，其實在實際對話時都容易被理解及接受，反倒是一開始在聽力上，對許多人來說是比較吃力的，台灣的英語教育訓練，會讓我們想要了解句子中的每個單字，再把句子串起來，才能參透整句的意義，可是等你想到要怎麼回覆的時候，往往對話已經跳到下一個主題了，這樣的挫敗感我也有過，但是後來發現了掌握關鍵字的重要性，著實讓我在對話和閱讀中不再感到那麼吃力，這也是撰寫這本書的用意之一。

　　透過對科技人職場及生活中常見單字及對話的熟悉了解，相信在未來看到或聽到時，能夠更有自信的融入討論，在書中我嘗試著用一種比較簡單、淺顯的方式來介紹科技英文，希望讀者能一面學習英文，一面覺得其實科技沒有這麼難懂！

CF Hsu

Editor 編・者・序

　　許多理工人、科技人最頭痛的就是英文。也許很熟悉程式語言，但是一碰到英文字母組成的單字、句型，或是需要與客戶透過信件聯絡，或是得與客戶面對面開口接洽的時刻，常常是頻頻卡關，不曉得如何應用！

　　基於台灣讀者對開口說英語的恐懼，以及經常懷有自認英文不夠好的自卑感這種狀況，我們特地規劃了這本書。

　　本書分維修測試、系統整合和售後服務三大主題，每單元皆以主題性文章介紹科技業的相關知識，並延伸補充一問三答與科技業職場英文單字。尤其英文單字部分，更特別以字根、字首、字尾的拆解形式，幫助讀者能更快理解單字的元素構成與涵義。

　　期許閱讀本書的讀者們成功晉升職場英文的功力！

編輯部

Instructions 使·用·說·明

⚙ 看情境介紹與知識資訊站，
掌握科技業新趨勢！

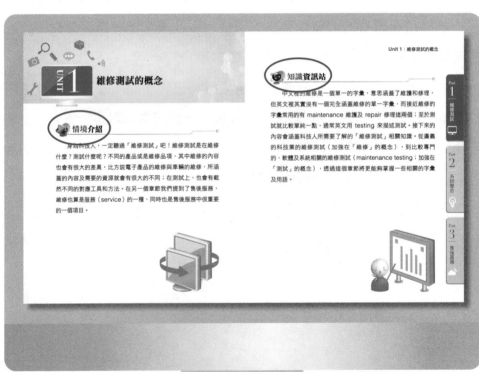

Unit 1｜維修測試的概念

UNIT 1 維修測試的概念

🔍 情境介紹

身為科技人，一定聽過「維修測試」吧！維修測試是在維修什麼？測試什麼呢？不同的產品或是維修品項，其中維修的內容也會有很大的差異，比方說電子產品的維修與車輛的維修，所涵蓋的內容及需要的資源就會有很大的不同；在測試上，也會有截然不同的對應工具和方法。在另一個章節我們提到了售後服務，維修也算是服務（service）的一種，同時也是售後服務中很重要的一個項目。

🐞 知識資訊站

中文裡的維修是一個單一的字彙，意思涵蓋了維護和修理，但英文裡其實沒有一個完全涵蓋維修的單一字彙，而接近維修的字彙常用的有 maintenance 維護及 repair 修理這兩個；至於測試就比較單純一點，通常英文用 testing 來描述測試。接下來的內容會涵蓋科技人所需要了解的「維修測試」相關知識。從廣義的科技業的維修測試（加強在「維修」的概念），到比較專門的、軟體和系統相關的維修測試（maintenance testing；加強在「測試」的概念），透過這個章節將更能夠掌握一些相關的字彙及用語。

Part 1 維修測試
Part 2 新機整合
Part 3 售後服務

跟著 MP3 練一問三答，
提升職場英文口說力！

以字根、字首、字尾的分類方式，
輕鬆聯想、記憶科技業的關鍵字彙！

Part 1 | 維修測試

一問三答 Track 01

Q What kind of product requires maintenance?
哪些產品需要維修測試呢？

A1 From automobiles to aircraft, all kinds of vehicles require maintenance.
各類型的交通工具從汽車到飛機等都需要維修測試。

A2 Consumer electronics, such as cell phones, often require maintenance.
消耗性電子產品像我們用的手機常需要維修測試。

A3 Maintenance of large-scale industrial equipment is extremely important.
維修大型工業儀器設備是非常重要的。

Part 1 | 維修測試

關鍵字彙 Track 02

▶ a- 字首・缺乏，非（否定的意思）

・amateur adj. 不熟練的，業餘的
a-（字首：缺乏）+mateur（mature adj. 成熟的）=不成熟的
I'm afraid we cannot afford the impact of an amateur performance this time.
我們這次恐怕承受不了業餘表現的影響。

・asymmetric adj. 不對稱的
a-（字首：缺乏）+symmetric（adj. 對稱的）=不對稱的
It's an interesting observation that most people have asymmetric eyebrows.
這是一個有趣的觀察，大部份人的眉毛是不對稱的。

・atypical adj. 非典型的
a-（字首：非）+typical（adj. 典型的）=非典型的
The delayed treatment was due to his atypical symptoms.
他的延遲治療是非典型的症狀所導致。

・apathetic adj. 無情感的，冷淡的
a-（字首：缺乏）+pathetic（adj. 可憐的）=缺乏同情，無情感的
Her reaction to the news was apathetic.
她對這則新聞的反應冷淡。

Contents 目·次

Part 1 維修測試

Part 2 系統整合

Contents 目·次

Part 3 售後服務

Part 1 維修測試

UNIT 1 維修測試的概念

 情境介紹

　　身為科技人，一定聽過「維修測試」吧！維修測試是在維修什麼？測試什麼呢？不同的產品或是維修品項，其中維修的內容也會有很大的差異，比方說電子產品的維修與車輛的維修，所涵蓋的內容及需要的資源就會有很大的不同；在測試上，也會有截然不同的對應工具和方法。在另一個章節我們提到了售後服務，維修也算是服務（service）的一種，同時也是售後服務中很重要的一個項目。

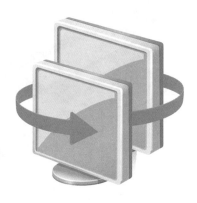

知識資訊站

　　中文裡的維修是一個單一的字彙，意思涵蓋了維護和修理，但英文裡其實沒有一個完全涵蓋維修的單一字彙，而接近維修的字彙常用的有 maintenance 維護及 repair 修理這兩個；至於測試就比較單純一點，通常英文用 testing 來描述測試。接下來的內容會涵蓋科技人所需要了解的「維修測試」相關知識。從廣義的科技業的維修測試（加強在「維修」的概念），到比較專門的、軟體及系統相關的維修測試（maintenance testing；加強在「測試」的概念），透過這個章節將更能夠掌握一些相關的字彙及用語。

Part
1
維修測試

Part
2
系統整合

Part
3
售後服務

 一問三答　◎ Track 01

Q What kind of product requires maintenance?
哪些產品需要維修測試呢？

A1 From automobiles to aircraft, all kinds of vehicles require maintenance.
各類型的交通工具從汽車到飛機等都需要維修測試。

A2 Consumer electronics, such as cell phones, often require maintenance.
消耗性電子產品像我們用的手機常需要維修測試。

A3 Maintenance of large-scale industrial equipment is extremely important.
維修大型工業儀器設備是非常重要的。

Q What maintenance services does your company provide?

你們公司提供的維修服務有哪些？

A1 We provide online support and self-diagnoses to help customers with troubleshooting of simple issues.

我們提供了線上診斷系統，協助解決簡易的問題。

A2 We do have a repair courier service.

我們有專件取送的維修服務。

A3 Our maintenance service includes scheduled service and parts replacement.

我們的維修服務包括了定期的檢查維護及零件置換。

Part
1
維修測試

Part
2
系統整合

Part
3
售後服務

關鍵字彙 Track 02

▶▶ a- 字首：缺乏，非（否定的意思）

· **amateur** *adj.* 不熟練的，業餘的

a-（字首：缺乏）+mateur（mature *adj.* 成熟的）=不成熟的

I'm afraid we cannot afford the impact of an amateur performance this time.

我們這次恐怕承受不了業餘表現的影響。

· **asymmetric** *adj.* 不對稱的

a-（字首：缺乏）+symmetric（*adj.* 對稱的）=不對稱的

It's an interesting observation that most people have asymmetric eyebrows.

這是一個有趣的觀察，大部份人的眉毛是不對稱的。

· **atypical** *adj.* 非典型的

a-（字首：非）+typical（*adj.* 典型的）=非典型的

The delayed treatment was due to his atypical symptoms.

他的延遲治療是非典型的症狀所導致。

· **apathetic** *adj.* 無情感的，冷淡的

a-（字首：缺乏）+pathetic（*adj.* 可憐的）=缺乏同情，無情感的

Her reaction to the news was apathetic.

她對這則新聞的反應冷淡。

▸▸ cur, cure- 字根：照顧，注意

- **accurate** *adj.* 正確的

  ac-（字首：加強）+cur-（字根：注意）+ate（動詞字尾）=加強關注就能提高正確性

  Please double check to see if numbers are accurate.

  請再次確認這些數字是正確的。

- **cure** *n.* 治療

  Many scientists were working hard on a cure for Ebola.

  許多科學家致力於伊波拉病毒的療法。

- **secure** *adj.* 安全的

  se-（字根：離開，分成）+cure（字根：照顧）=延伸為安全的

  He does not worry about the high layoff rate at all since he has a secure job.

  他一點也不擔心高解僱率，因為他的工作很安穩。

- **procurement** *n.* 取得，採購

  pro-（字首：代替）+cure-（字根：照顧）+ment（名詞化）=取得

  We do not have the software you asked for. You can submit a procurement request.

  我們公司沒有你提到的軟體。你可以提出採購的要求。

Part 1 維修測試

Part 2 系統整合

Part 3 售後服務

UNIT 2 維修中心

 情境介紹

　　近期公司在考慮成立一個維修中心，產品的維修算是一種最常見的維修測試了。維修中心的成立可以為公司帶來許多效益，包括在售後服務章節提到的，如提高客戶對品牌或產品的忠誠度，掌握更多產品實際使用上會發生的問題，對於自有研發部門的公司，這些產品使用經驗都是可以提供未來研發及進步的寶貴資訊。當然要成立維修中心也不是一件簡單的事，投入一定的資源與人力是不可避免的，另外在物流倉儲部分也要有配套措施。

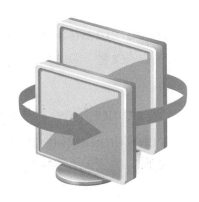

知識資訊站

　　維修服務的提供可能是在原廠內進行，也就是我們常常聽到的進廠維修（depot repair service），或是到現場進行（field service）。當產品市場競爭激烈的時候，服務的提供可能就是勝出的關鍵。而維修服務之所以重要，就是在於維持了產品的正常運作，並提升客戶的產品使用經驗。那麼如何強化維修服務的效率呢？除了產品問題發生的時候能讓用戶快速的取得維修，另外還有一些預防性的措施，包括了預定維修計劃、遠程監控設備及自我診斷資訊的提供等等，這些服務都能夠透過科技加值，創造更高的維修服務品質。

Part
1
維修測試

Part
2
系統整合

Part
3
售後服務

一問三答 Track 03

Q What is the customer's perception of the depot repair service provided by the manufacturer?

客戶對於原廠提供的返廠維修服務的看法是什麼？

A1 Customers are confident in products that come with depot repair service provided by the manufacturer.

客戶對於有原廠提供返廠維修的產品是有信心。

A2 Vehicle owners generally think the depot repair service from the manufacturer is a better option when it comes to maintenance repair.

汽車客戶通常認為原廠維修是維修時一個比較好的選擇。

A3 To customers, the manufacturer should have the most knowledge of its own product.

對客戶來說，原廠對產品應該有最專業的知識。

Q What makes you think field service would contribute to the company?

為什麼你認為提供到場維修服務會為公司帶來效益？

A1 Through field service, our field representatives can understand clients' requirements and issues in the front line.

因為到現場可以第一線了解客戶的需求及問題。

A2 The information collected in the field can be fed back to R&D for future product development.

到場搜集的訊息可以反饋到研發部門以幫助未來的產品開發。

A3 Many customers value the company more if it provides field service.

許多客戶給有提供到現場維修服務的公司較高評價。

Part
1
維修測試

Part
2
系統整合

Part
3
售後服務

關鍵字彙 Track 04

▶ **cred- 字根：相信**

· **credit** *n.* 信用，讚揚

cred-（字根：相信）+it（名詞化）=信用

He was the key contributor to the achievement. You should give him some credit.

他是這次目標達成的主要貢獻者。你應該要給予他一些讚揚。

· **incredible** *adj.* 難以置信的

in-（字首：否定）+cred-（字根：相信）+ible（形容詞化）=難以置信的

The show tonight is incredible.

今天晚上的表演真是太好看了。

· **credential** *n.* 證書，認證

cred-（字根：相信）+ential=認證

Some certificates require credential hours to maintain them.

有些證書需要認證時數來維持。

· **credibility** *n.* 可信性

cred-（字根：相信）+ibility（能力的意思）=可信度、可信性

He just lost his credibility by doing that.

他因為那麼做把自己的信用給搞砸了。

▶▶ cus- 字根：原因

· **excuse** *n.* 藉口

ex-（字首：超出）+cus-（字根：理由）+e=藉口

I don't want to hear any more excuses.

我不想再聽到任何藉口了。

· **inexcusable** *adj.* 沒法辯解的，不可原諒的

in-（字首：否定）+excuse（*n.* 藉口）+able（形容詞化）=沒有藉口、無法辯解的

The terrorist attack is inexcusable.

恐怖攻擊是不可原諒的。

· **accuse** *v.* 指控

ac-（字首：加強）+cus-（字根：理由）+e=加強訴說理由=指控

He has been accused of a cybercrime.

他被指控涉及一項網路犯罪。

· **accusation** *n.* 指控

accuse（*v.* 指控）+ation（名詞化）=指控

He has not yet responded to the accusation.

他還沒對那項指控做出回應。

Part
1
維修測試

Part
2
系統整合

Part
3
售後服務

UNIT 3 系統及軟體的維修測試

 情境介紹

　　系統一旦完成部署後，可以運作好幾年甚至是幾十年。在這幾年內，系統及其作業環境必須經常地校正、改變、或是擴大。在這些情況下的測試我們稱之為維修測試（maintenance testing）。一般來說，維修測試包括兩個部分：一、測試因為系統校正而產生的改變。改變也可能是因為系統擴大或增加一些新的功能。二、回歸測試（regression testing）以證明整個系統未被維護工作所影響。

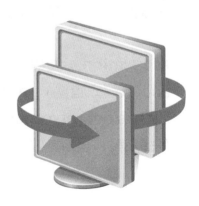

知識資訊站

產品「維護」（maintenance）是一種預防性（preventive）的概念。而「修理」則是問題發生後，針對瑕疵進行校正的動作。測試則是可以在任何的時間進行，比方說維護時期的測試可以幫助發現可能的問題以進行預防措施，修繕前也可以透過測試來了解並找出特定需要整修的地方，修繕完畢也能進行功能性測試（performance test）來檢測是否回復到完整的功能，整體來說，測試就是一個有助於產品達到最佳化（optimization）的方法。

 一問三答 ◉ Track 05

Q What are the approaches to preventive maintenance?

預防性的產品維護有哪些做法呢？

A1 Scheduled maintenance service, such as cleaning and care is a way of preventive maintenance.

預定的服務計劃如清潔及保養。

A2 Regular replacement of parts such as filters could be one of the approaches to preventive maintenance.

定期幫客戶更換特定的零件，如濾網。

A3 Detecting early signals of problems can help prevent problems from happening.

偵測故障的早期信號，以預防問題發生。

Q When should performance tests take place?
什麼時候需要進行功能性測試呢？

A1 Products require performing performance tests at the development stage.
產品在研發階段需要進行功能性測試。

A2 For returned products, performance tests should be done to verify the issue.
對於客戶退回的問題產品進行功能性測試，以檢測問題所在。

A3 After repair, a performance test should be performed again before returning to the customer.
維修好的產品在交付回客戶端前，也要再一次進行功能性測試。

Part
1
維修測試

Part
2
系統整合

Part
3
售後服務

關鍵字彙 Track 06

▶ dict- 字根：說、發表、宣稱

· **unpredictable** *adj.* 無法預測的

un-（字首：否定）+predict（*v.* 預測）+able（形容詞化）=無法預測的

The weather in Taiwan is unpredictable.

台灣的天氣難以預測。

· **dedicate** *v.* 投入

de-（字首：加強）+dict-（字根：宣稱）=投入的意思

My parents dedicated their entire career to education.

我的父母一生都致力於教育工作。

· **dictionary** *n.* 字典

dict-（字根：說、發表）+ionary（名詞化）=延伸為字典

I haven't used a printed dictionary for a long time after the rise of world wide web.

自從網路發達以後我就很少用真正的字典了。

· **contradict** *v.* 反對，發生矛盾

contra-（字首：反對）+dict-（字根：說）=反對，發生矛盾

The findings contradict his hypothesis.

這項發現和他的假設產生了矛盾。

▶▶ duct- 字根：引導

- **conduct** *v.* 引導 n. 行為

  con-（字首：加強）+duct-（字根：引導）=引導=引伸為行為規範

  What is your company's business conduct?

  你們公司的企業道德標準？

- **seductive** *adj.* 誘惑的

  se-（字首：離開）+duct-（字根：引導）+ive（形容詞字尾）=誘惑的，引人注意的

  Lots of fraud use seductive appeal of fortune to tempt people.

  許多詐騙集團利用金錢的誘惑來引人上當。

- **deduction** *n.* 扣除

  de-（字首：減少）+duct-（字根：引導）+ion（名詞字尾）=扣除

  The deduction is the amount of tax deducted from your salary.

  這個扣除額是從你薪水中扣除的稅額。

- **abduction** *n.* 誘拐

  ab-（字首：分離）+duct-（字根：引導）+ion（名詞字尾）=誘拐

  The case of child abduction was closed and the child safely returned home.

  這個誘拐兒童的案件落幕，孩童平安回到家。

UNIT 4 軟體測試

 情境介紹

　　談到測試，科技人不可不知的就是「軟體測試」了。什麼是軟體測試呢？簡單的說，軟體的測試就是一個為了要找到軟體問題所執行程式／應用程式的過程。這樣的測試也可以被稱之為軟體或產品的驗證（validating）及確認（verifying）過程。軟體測試的目的就是在測試軟體是否有遵循能達到業務上及技術上要求的設計及開發。

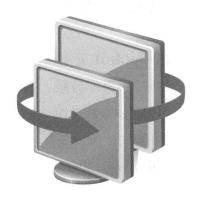

知識資訊站

　　談到軟體測試，首先要了解的單字就是流程／過程（process），測試是一個一系列的流程，而不僅是一個單一的活動。且這個測試的流程會貫穿整個軟體開發的生命週期（software development life cycle）。我們常常會看到關於軟體測試的詞彙有靜態測試（static testing）及動態測試（dynamic testing）：靜態測試是在確認（verification）的過程中完成的，不需透過執行碼（executing code）來測試及發現缺失錯誤，這種測試包括了文件瀏覽（包含原始碼）及靜態分析。而動態測試是透過執行軟體編碼來看測試的結果，這樣的測試是在驗證（validation）的過程中完成。

Part 1 維修測試

Part 2 系統整合

Part 3 售後服務

一問三答 Track 07

Q What is the purpose of software testing?
軟體測試到底在測試什麼呢？

A1 Software testing is to find software defects.
軟體的測試在測試是否有錯誤的存在。

A2 Software testing is also executed to see if it meets the requirements based on its design.
軟體測試也在測試軟體的功能是否符合設計上的要求。

A3 Software testing is to assure the software can support and function as expected after public release.
軟體測試就是在確保上線後能提供預期的功能。

Q When should we perform software testing?

什麼時候需要進行軟體測試呢？

A1 Before handing over to clients, software should be performed at the developer's site.

交付到客戶端前，必須要在開發端進行測試。

A2 Software can be tested by a specific group of users before it goes-live.

在產品上市之前，可以先給特定一群使用者進行測試。

A3 Software testing is taking place throughout its development life cycle.

軟體在整個開發過程會不斷地測試。

關鍵字彙 Track 08

▶▶ **equ-, equi-** 字根：相等，相同

· **equal** *adj.* 相等的

equ-（字根：相等）+al（形容詞化）=相等的

The company's equal pay policy attracts many female professional elites.

這間公司倡導的同工同酬吸引了許多女性菁英。

· **adequate** *adj.* 適當的

ad-（字首：靠近）+equ-（字根：相等）+ate=往相等的方向=適當的

We need to identify adequate automated testing tools.

我們必須要找出適合的自動測試工具。

· **equation** *n.* 等式

equ-（字根：相等）+ation（名詞字尾）=等式

Can you help me to check the equation?

你可以幫我檢查一下這個等式嗎？

· **equivocal** *adj.* 模稜兩可的

equi-（字根：相等）+vocal（*adj.* 聲音）=聽起來差不多=模稜兩可的

His answer was equivocal and added no value to our project.

他的答覆非常模稜兩可並無法為我們的案子帶來什麼加分。

▶▶ ex- 字首：在…外

- **exception** *n.* 例外

  ex-（字首：在…外）+cept（字根：掌握，拿）+ion（名詞化）
  =在掌握外=例外

  No one is allowed to enter this room from now on. You are no exception.

  從現在開始不准任何人進入這個房間。你也不例外。

- **exclude** *v.* 排除在外

  ex-（字首：在…外）+clude（關閉）=排除…（對外關閉）=排除在外

  We should first exclude the possibility of wrong configuration.

  我們首先應該排除組態錯誤的可能性。

- **extensive** *adj.* 廣泛的

  ex-（字首：在…外）+tens（字根：延展）+ive（形容詞字尾，具…性質的）=廣泛的

  His knowledge of technology is very extensive.

  他的科技相關知識非常廣泛。

- **expectation** *n.* 期待

  ex-（字首：在…外）+pect+ation（名詞字尾）=期待

  Her performance was beyond my expectations.

  他的表現超出了我的期待。

Part
1
維修測試

Part
2
系統整合

Part
3
售後服務

UNIT 5 測試的目的

　　為什麼要測試呢？測試是有必要的，因為人都是會犯錯的。有些錯誤是不重要的；但有些錯誤可是相當危險的或是可能造成很大的代價。我們必須要檢查我們製作出來的所有及每一件事，因為事情總是有可能與我們預期的不一樣。軟體測試的精神也就是基於假設軟體可能有錯誤（defect）為出發點去檢測我們的成果。測試最終的目的，就是在確認軟體能夠如預期般操作，且軟體的開發能夠達到最初定義的需求。

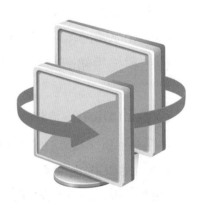

知識資訊站

　　軟體中的錯誤可能是程式員撰寫的過程中創造出來的，找出這樣的錯誤是測試的主要目的。再來就是在測試的過程中，能夠對於正在開發軟體的品質水準（level of quality）越來越有信心。在各行各業，「品質」可以說是相當的重要，很多的規範都是針對品質的達成及控管所規劃出來的，比如說大家耳熟能詳的 ISO 品質認證系統，針對各個不同的領域有不同的編碼，如 ISO 9001 就是一個最基本架構及通則的品質系統，簡單的說就是一套國際間認可的標準，藉由實施這樣的標準流程，以達到最佳的操作及成果，成果可能是產品的產出或是服務的提供等等，後面我們也會繼續介紹品質與科技的相關話題。

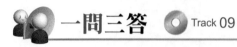 一問三答 Track 09

Q We found a bug. How do we fix it?
測到錯誤了，接下來該怎麼做？

A1 First, let's see if the error message provides enough descriptive information.
首先看看錯誤訊息有沒有提供足夠訊息。

A2 Do you know in which line of code the bug occurs?
你知道是哪一段程式碼有錯誤嗎？

A3 Have you checked the configuration or constants?
你檢查過組態或常數了嗎？

Q What is the role of Quality Control team in software development?

軟體開發中的品質管理團隊主要是做什麼的呢？

A1 Quality Control team executes software testing most of the time.

大多數的時候，軟體的測試會由品質管理團隊執行。

A2 Quality management team is responsible for validation of the software development to meet the requirements.

品質管理負責驗證軟體的開發是否符合要求。

A3 Simply put, Quality Control team is in charge of software quality.

簡單的說，品質管理團隊就是在對軟體的品質把關。

關鍵字彙 Track 10

▶ fer- 字根：拿，忍受

· **suffer** *v.* 遭受，經歷

suf-（字根：在…之下）+fer-（字根：忍受）=遭受，經歷

He's suffering from conciliating the conflicts between pro-grammer and tester.

他在調停程式員與測試者間的衝突中飽受折磨。

· **refer** *v.* 推薦

re-（字首：再）+fer-（字根：拿）=轉介、推薦

He referred me to this agency.

他推薦我到這個代辦處。

· **transfer** *v.* 傳送

trans-（字首：轉變）+fer-（字根：拿）=傳送

All the data has to be transferred to the data center by the end of the week.

這禮拜結束前所有的資料都要被傳送到資料中心。

· **conference** *n.* 會議

con-（字首：共同）+fer-（字根：拿）+ence（名詞結尾）=會議

The conference will take place in Taipei this year.

今年的會議將會在臺北舉辦。

▶▶ fig- 字根：形式

- **configuration** *n.* 組態

con-（字首：共同）+fig-（字根：形式）+uration=共同的形式=組態

Have you checked the system configuration?

你有檢查過系統的組態了嗎？

- **figure** *n.* 形象

fig-（字根：形式）+ure（構成名詞：動作，過程）=形象

A father figure plays an important role in early child development.

父親的形象在兒童早年的發展扮演重要角色。

- **effigy** *n.* 肖像

ef+fig-（字根：形式）+y=肖像

The angry protesters burned the effigy to show their discontent.

他將會協助你重設帳號和密碼。

- **figment** *n.* 虛構之事物

fig-（字根：形式）+ment（名詞結尾）=虛構之事物

The dragon has been nothing but a figment in many stories.

龍就是一個許多故事裡虛構的角色。

UNIT 6 測試發現問題

「剛剛的測試發現了 bug，我們該怎麼處理呢？」在軟體測試時，我們常常聽到有缺陷（defect）、錯誤（bug、error、fault）、失敗（failure），這些用詞到底有什麼分別呢？首先從軟體缺陷（defect）說起，軟體缺陷就是在創造程式的程式中發現了錯誤（an error 或是 an bug），程式員在設計及建造軟體的時候可能會犯錯或有所疏失。這些錯誤就代表了軟體上的缺陷，我們統稱這些缺陷為 defect。

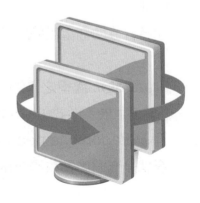

知識資訊站

　　當測試軟體程式或產品的真實成果與預期成果產生了偏差（deviation），我們就稱之為 defect。也就是說任何的偏離產品功能規格（product functional specification）文件的差異就是 defect，在不同的組織有人稱之為 bug、issue、incident 或是 problem。當軟體應用程式或產品無法符合終端用戶（end user）的期望或是軟體需求（requirement）的時候，我們就會說這是一個 Bug 或 Defect。這些 Bug 或 Defect 通常是因為邏輯（logic）或編碼（coding）上發生了錯誤（error），進而導致了軟體的失敗（failure）或不可預期、不期待發生的結果。

一問三答 Track 11

Q Where are the errors from in software testing?
軟體測試中的錯誤是從哪裡來的？

A1 Errors could originate from use of the system due to tester's lack of understanding of the software.
因為測試員對軟體的不了解導致錯誤可能從系統的使用產生。

A2 A defect could be a result of previous errors.
缺陷可能是先前的錯誤所造成。

A3 Errors could exist in specification designed at the beginning.
錯誤可能存在於一開始設計的規格中。

Q ─ Why is it better to detect bugs at an early stage?
為什麼越早偵測到 bugs 越好呢？

A1 ─ The earlier the defect is found, the less cost it incurs.
開發越早期找到錯誤，所造成的花費越小。

A2 ─ Early detection of the defects can help enhance the software quality.
早期的發現對於品質的提升更有幫助。

A3 ─ It is easier to correct the defect in an early stage of development.
研發早期的錯誤也比較容易處理。

Part
1
維修測試

Part
2
系統整合

Part
3
售後服務

關鍵字彙 Track 12

▶ grad-, grade- 字根：走，前進

· **upgrade** *v.* 升級

up（*adj.* 向上升的）+grade-（字根：走，向前）=升級

His computer needs upgrades to support the virtual reality appliance.

他的電腦需要升級來支援虛擬實境的設備。

· **gradually** *adv.* 逐漸地

grad-（字根：走，向前）+ual+ly（副詞結尾）=逐漸地

There's no shortcut to this work. You have to achieve the goals gradually.

這項工作沒有捷徑，你必須要逐漸地達到目標。

· **graduation** *n.* 畢業

grad-（字根：走，向前）+uation=畢業

Flamboyant blossom is always taken place in graduation season.

鳳凰花總是在畢業季節開放。

· **downgrade** *v.* 使降級

down（*adj.* 向下的）+grad-（字根：走，向前）=降級

Her membership has been downgraded since she has spent less money at the store.

因為她在店內消費變少了，所以她的會員被降級。

▶▶ grat- 字根：高興，感激

· **grateful** *adj.* 感激的

grat-（字根：感激）+ful（形容詞化）=感激的

We should always be grateful for what we have.

我們應該要常常為我們所擁有的心存感激。

· **congratulation** *n.* 恭喜

con-（字首：共同）+grat-（字根：開心）+ion（名詞化）=恭喜

I sent a congratulations card to the newlyweds because I wasn't able to attend their wedding.

我寄了張賀卡給這對新人，因為我無法參加他們的婚禮。

· **gratitude** *n.* 感激，感謝

grat-（字根：感激）+itude（名詞化）=感激，感謝

She showed her deep gratitude to the man for helping her find her daughter.

她對這位男子表達深深的感謝，因為他幫她找回了女兒。

· **gratuity** *n.* 小費

grat-（字根：感激）+uity=小費

Lots of restaurants in Taiwan have a ten percent mandatory gratuity.

在台灣許多餐廳都會收百分之十的服務費。

Part
1
維修測試

Part
2
系統整合

Part
3
售後服務

UNIT 7 測試原則

 情境介紹

　　先前介紹了軟體測試的目的、什麼是測試中的錯誤及品質的基本概念，那麼測試軟體的時候有沒有所謂的準則（principle）呢？首先，測試可能可以偵測出錯誤，但沒有偵測出錯誤時並不代表沒有錯誤，所以還是要謹記這一點測試的基本原則：測試在減少軟體中出現錯誤的可能性，但是是無法證明軟體完全正確或完全不存在任何錯誤。有了面對錯誤的心理準備，才不至於在軟體開發的過程中產生太大的挫折感。

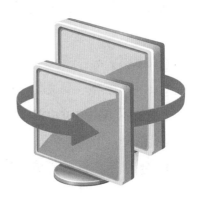

知識資訊站

　　延續軟體測試時的須知原則：窮舉測試（exhaustive testing）是不可能的。千萬不要想針對所有可能的輸入組合（combination of inputs）進行測試，為什麼呢？很簡單的原因就是──沒有任何一個案子是沒有時間及預算上的限制的，因此掌握優先順序（priority）進行測試是相當重要的，事實上，優先順序的排列（prioritize）在科技職場是相當重要的概念，因為幾乎所有的案子都會有時間和經費的框架，能夠在工作執行前先定義好範疇（scope）並設定好輕重緩急，將有助於工作更有效率地進行及達到預期目標。

Part
1
維修測試

Part
2
系統整合

Part
3
售後服務

 一問三答　Track 13

Q What are the rules that should be followed when performing software testing?

執行軟體測試時有哪些原則要遵守呢？

A1 Most of the time, defects will cluster in a small number of modules. Thus, if single defect is found in a module, more tests should be performed on the same module.

通常大多數的錯誤會聚集在幾個特定的模組裡。所以在一個模組找到錯誤，就要更深入檢視這個模組。

A2 Test data should be updated from time to time to avoid pesticide paradox.

不斷地更新測試數據以避免殺蟲劑效應的產生。

A3 Testing method and tool should be adjusted according to the site being tested.

測試的方法及工具要針對不同測試環境調整。

Q What are the key roles in software development team?

軟體開發的團隊主要有哪些角色？

A1 Project manager is the one responsible for managing time, cost and the scope of the software development project.

專案經理負責掌控軟體開發專案的時間、預算及範疇。

A2 System analyst, system designer, and system engineer are three key roles in software development.

系統分析師、系統設計師及系統工程師是軟體開發的三大重要角色。

A3 Quality control engineer is one of the key roles and is responsible for software testing.

品管工程師是一個重要的角色，負責軟體的測試。

關鍵字彙 Track 14

▶ **her- 字根：黏附**

• **adhere** *v.* 黏附，遵守

ad-（字首：向）+her-（字根：黏附）+e=黏附，遵守

By signing the agreement, it means both parties agree to adhere to the terms.

透過簽署合約，代表著雙方都同意遵守上面的條款。

• **adherence** *n.* 嚴守

ad-（字首：向）+her-（字根：黏附）+ence（名詞化）=嚴守

Whether adherence to convention is good or bad is debatable.

嚴格的遵守傳統是好是壞是有爭議的。

• **coherent** *adj.* 一致的

co-（字首：一起）+her-（字根：黏附）=引申為一致

Our proposal was well accepted because our plan was co-herent.

我們的提案大受好評，因為我們的計劃很一致。

• **inherent** *adj.* 內在的，固有的，天生的

in-（字首：內的）+her-（字根：黏附）+ent=內在的，固有的，天生的

He just stepped into the new role in the company; however, his inherent team is not very supportive.

他在公司剛勝任這個新工作，但是他接手的團隊對他不是很支持。

▸▸ hydr(o)- 字根：水

- **hydrant** *n.* 消防栓，水龍頭

  hydr-（字根：水）+ant（形容詞化）=消防栓，水龍頭

  You cannot park three meters from the fire hydrant.

  你不能在距離消防栓三公尺內停車。

- **dehydration** *n.* 脫水

  de-（字首：去除）+hydr-（字根：水）+ation（名詞化）=脫水

  The chance of dehydration is high when running in the desert.

  在沙漠中跑步的脫水機會很高。

- **hydrophobia** *n.* 恐水症

  hydro-（字根：水）+phobia（*n.* 害怕）=恐水症

  One of the well-known symptoms of rabies is hydrophobia.

  狂犬病最為人知的症狀之一就是恐水症。

- **carbohydrate** *n.* 碳水化合物

  carbo（碳）+hydr-（字根：水）+ate（名詞化）=碳水化合物

  Calculating carbohydrate intake is a way of weight control.

  計算碳水化合物的攝取是一個體重控制的方法。

Part
1
維修測試

Part
2
系統整合

Part
3
售後服務

UNIT 8 測試過程

 情境介紹

　　先前提到過一個概念，測試不是一個單一的動作，而是一連串的過程，而過程的設定是品質概念裡很重要的一個環節。談到維修測試，一定脫離不了「品質」。因此接下來要透過幾個基本的步驟來介紹測試的過程，透過測試流程的了解，能對軟體測試有更全面的認識，而這套流程的邏輯概念，也可以廣泛的應用在其他工作之上。

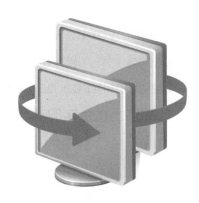

知識資訊站

　　測試過程的第一個步驟就是測試規劃，在這個步驟要決定測試的範疇及風險所在，然後以此設計及制定測試的方法及策略。設計和分析方法的制定就是測試的第二道過程，完成設計之後就進入第三個步驟——執行，執行測試的目的之前提到過，就是在發現 bugs，發現錯誤之後要進行修正，修正後仍需再次執行測試，那麼測試過程到底什麼時候才能結束呢？允出準則（Exit Criteria）就是指在 test planning 階段制定的一組條件，當測試的成果滿足了這些規格條件時，這個測試過程就可以結束了。緊接著執行的步驟就是報告（report）的產出了，報告記錄了測試的方法及結果，是測試結束（test closure）前必要完成的環節。

Part
1
維修測試

Part
2
系統整合

Part
3
售後服務

一問三答 Track 15

Q ▶ We are considering independent testing. What do you think about it?

我們在考慮進行獨立測試，你認為如何呢？

A1 ▶ I think independent testing is good as it avoids developer's bias.

我認為獨立測試是好的，因為它排除了開發。

A2 ▶ Integrated testing should be reinforced when running an independent test.

如果要進行獨立測試，要特別注意整合測試的部分。

A3 ▶ Independent testing has its benefit; however, it can also pose a risk to the project by resulting communication problems.

獨立測試有它的好處，但是也可能造成溝通不良，而對專案產生風險。

Q How can software quality be evaluated?
軟體的品質可以從哪些方面評估呢？

A1 Software quality can be evaluated by its functionality.
可以從軟體的功能來評估軟體的品質。

A2 High quality software should be enduring.
一個品質好的軟體應該要能夠耐用。

A3 After-sales service is an index of software quality.
售後服務是軟體品質的一個指標。

Part
1
維修測試

Part
2
系統整合

Part
3
售後服務

關鍵字彙 Track 16

▶▶ ject- 字根：丟擲

· **projector** *n.* 投影機

pro-（字首：在…之前）+ject-（字根：丟擲）+or（物化）=投影機

We will need a projector for the next meeting.

我們等一下開會需要投影機。

· **reject** *v.* 拒絕

re-（字首：相反、反對）+ject-（字根：丟擲）=拒絕

Our proposal has been rejected due to lack of novelty.

我們的提案因為創新性不夠被拒絕了。

· **injection** *n.* 注射

in-（字首：內部）+ject-（字根：丟擲）+ion（名詞化）=注射

Drug injection acts faster than oral intake.

注射藥物比口服作用的快。

· **objective** *n.* 目的

ob-（字根：向）+ject-（字根：丟擲）+ive=目的

Before we start, I would like to make sure everyone understands the objective.

在我們開始之前，我想要確認每個人都了解目的。

▶▶ ob- 字首：反對，靠近，向

- **object** *n.* 對象，目標

  ob-（字根：向）+ject-（字根：丟擲）=向…丟擲=對象

  People often describe unidentified objects in photos as ghosts or aliens.

  大家常把照片中的不明物體歸為鬼魅或外星人。

- **obvious** *adj.* 明顯的

  ob-（字根：向，靠近）+vi-（路）+-ous（形容詞結尾）=明顯的

  It is obvious he wouldn't take the offer.

  很明顯的他不會接受那個工作。

- **obstacle** *n.* 障礙

  ob-（字根：向）+sta-（字根：站）+cle=站在前往路上的東西=障礙

  There are always obstacles along the way to success.

  邁向成功的道路上一定免不了遇到障礙。

- **obligation** *n.* 義務

  ob-（字根：向）+lig-（字根：聚）+ation（名詞化）=義務

  It is a citizens' obligation to pay taxes.

  納稅是公民的義務。

Part 1 維修測試

Part 2 系統整合

Part 3 售後服務

軟體開發指標 CMMI

 情境介紹

　　最近公司積極的推動 CMMI 模式，很多同仁對於 CMMI 一知半解，對許多人來説，就是日常的工作又要增加不少的文書及報告的產出，看來大多數的人都對於公司推動這類活動抱持消極的態度。但是像 CMMI 或是 ISO 這類的模組導入，到底對我們日常工作會有什麼樣的影響呢？導入的目的為何呢？這麼説好了，這些模組都是一種品質管理的工具，透過標準化的流程來有效率地執行、記錄並持續改善工作。

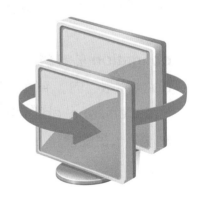

知識資訊站

　　軟體開發中常常會聽到或看到 CMM 或 CMMI 的出現，CMM 是什麼呢？CMMI 指的是 Capability Maturity Model Integration——軟體發展能力成熟度模型整合。CMMI 是一套用來判斷一個組織開發軟體流程的成熟度的標準。CMMI 有五個級別的成熟度，級數越高代表著軟體發展能力越好：第一級是初級（initial），第五級是最佳化（optimizing）。這個度量標準與組織開發軟體的流程息息相關，舉例來説，初級的 CMMI 代表著公司內部沒有任何開發軟體的標準流程（standard of process, SOP）。

Part
1
維修測試

Part
2
系統整合

Part
3
售後服務

 一問三答 ◉ Track 17

Q We heard SOP quite often. What is the relationship between SOP and software management?

常常聽到 SOP 標準流程，這與軟體開發有什麼關係呢？

A1 Higher maturity level shows a company has better control of software development.

比較成熟的軟體開發公司會有較好的軟體開發掌控。

A2 The process control is highly related to software quality.

流程的控管與軟體的品質息息相關。

A3 Standardized processes can provide better management of software development.

軟體開發的流程標準化能提供更有效的管理。

Q What can CMMI model provide?

CMMI 能力成熟度模型能夠提供什麼呢？

A1 The model provides a common language and goal of software development.

這個模型是軟體開發的一種共同語言及目標。

A2 CMMI provides a reference of priority when it comes to software development.

能力成熟度模型可以視為軟體開發上的一個排序的參考。

A3 For companies moving forward to improve software quality, the CMMI model is a good place to start.

對於想要增進軟體品質的公司，能力成熟度模型是一個開始。

Part
1

維修測試

Part
2

系統整合

Part
3

售後服務

關鍵字彙 Track 18

▶▶ **eco- 字根：環境**

· **ecology** *n.* 生態學

eco-（字根：環境）+logy（字尾：一種學問）=生態學

A good workplace ecology can bring synergy to the team.

一個好的工作環境生態可以為團隊帶來增效作用。

· **ecosystem** *n.* 生態系統

eco-（字根：環境）+system（*n.* 系統）=生態系統

In this glass ball, there is a micro-ecosystem.

在這個玻璃球裡是一個微生態系統。

· **ecofriendly** *adj.* 對環境無害的

eco-（字根：環境）+friendly（*adj.* 友善的）=對環境無害的

Would you prefer ecofriendly products when purchasing consumables?

在購買消耗品時你會偏好對環境無害的產品嗎？

· **eco-activist** *n.* 環境活動家

eco-（字根：環境）+activist（*n.* 活動家）=環境活動家

Being an eco-activist for years, she dedicated to various activities to promote the environmental sustainability.

她當環境活動家多年以來，一直致力於各種活動以倡導永續環境。

▶▶ em-, empt- 字根：拿，買

· **redemption** *n.* 贖回

re-（字首：再）+d+empt-（字根：拿）+ion（名詞化）=拿回

The credit card's redemption site is where you can use rewards points for gifts.

這個信用卡的網站可以讓你兌換紅利點數。

· **redeem** *v.* 恢復

re-（字首：再）+de-（字根：分離）+em-（字根：拿）=再一次拿回=恢復

Don't be disappointed. You will find your chance to redeem yourself.

別失望，你會有機會再次證明你自己的。

· **exempt** *v.* 免除

ex-（字首：除外）+empt-（字根：拿）=免除

Taiwan is one of the visa exempt countries for the United States.

台灣是美國列為免簽國家之一。

· **premium** *n.* 獎金 *adj.* 高價的，優質的

pre-（字首：在⋯之前）+em-（字根：拿，買）+ium=高價的

More and more customers are willing to pay premium prices for organic food.

越來越多消費者願意以高價購買有機食品。

Part
1
維修測試

Part
2
系統整合

Part
3
售後服務

UNIT 10 軟體開發生命週期

 情境介紹

　　今天的會議是由軟體開發的專案經理所召開，邀請了主要的利益關係人（stakeholders）——包括了委託軟體開發的客戶、軟體開發團隊及使用者代表，目的就是在開發軟體前了解及確認大家的需求，以利後續的分析及設計。這樣的會議算是每個軟體開發必經的第一個階段，會議討論的基本問題包括了誰將會是這個軟體的使用者？他們會如何使用這個軟體？什麼樣的數據將被輸入（input）這個系統？什麼樣的數據將被系統輸出（output）？

知識資訊站

軟體開發生命週期（software development life cycle，簡稱 SDLC）有哪些階段呢？一般來說，會將 SDLC 分為六大階段：收集需求及分析（requirement gathering and analysis）、設計（design）、編寫程式碼（coding）、測試（testing）、部署（deployment）及維護（maintenance）。軟體的生命週期就是依照上面所說的六個階段的順序進行，每個階段都會產出下個階段所需的可交付成果（deliverables）。簡單的說，設計是根據需求而來的，然後編碼會按設計來寫出，這個階段我們稱之為開發階段，編碼及開發完成後，以測試來確認可交付成果符合最初設定的需求。

一問三答 Track 19

Q What else should we pay attention to during software development?
軟體開發的過程還有什麼要注意的地方呢?

A1 You may want to pay more attention to software testing.
你可能要多注意一下軟體測試的部分。

A2 I couldn't help noticing that there are no checkpoints for quality management. This is my only concern about your project.
我不禁發現這裡沒有品質管理的查核點。這會是我對你的案子的唯一顧慮。

A3 Source code control management is important in software development stage.
原始碼的管理在軟體開發階段是重要的。

Q How can we maximize our return on investment in software development?

如何能讓軟體的開發獲得最大的投資報酬率呢？

A1 Testing should start early and test often.

測試應該要從早期開始並經常執行。

A2 Use automation testing tool effectively to maximize ROI.

有效地運用自動化測試工具以獲取最大的投資報酬率。

A3 Build up quality test data for better analysis and review.

建立有品質的測試數據以供更好的分析及檢討。

Part
1
維修測試

Part
2
系統整合

Part
3
售後服務

關鍵字彙 Track 20

▶ **en- 字首：內，使成為；enthus- 字根：熱情**

· **enclose** *v.* 封入

en-（字首：內）+close（*v.* 關閉）=封入

Enclosed is the inquiry for your reference.

隨信附上的是報價單供你參考。

· **engrave** *v.* 雕刻

en-（字首：內，使成為）+grave（*v.* 刻）=雕刻

They had the wedding date engraved on their rings.

他們在戒指上刻上了結婚日期。

· **energetic** *adj.* 充滿活力的

en-（字首：內）+erg-（字根：工作）+etic（形容詞字尾）=充滿活力的

Being energetic is one of the qualities we look for in a candidate.

充滿活力是我們在找的這個職缺所需具備的特質之一。

· **enthusiasm** *n.* 熱忱

enthus-（字根：熱情）+iasm（名詞化）=熱忱

Your enthusiasm is very much appreciated.

我們非常感謝你的熱忱。

▶▶ fac-, fact- 字根：製造，製作

- **factory** *n.* 工廠

  fact-（字根：製造，製作）+ory（名詞字尾）=工廠

  The factory will be audited for quality assessment next month.

  下個月工廠會被稽察以進行品質評估。

- **facilitator** *n.* 促進者，協調者

  fac-（字根：製造，製作）+ilita+-tor（字尾：從事⋯者）=促進者，協調者

  In a meeting, the facilitator is the one who leads the progress.

  在會議中，會議主持人（協調者）就是負責領導會議進度的人。

- **faculty** *n.* 教職人員

  fac-（字根：製造，製作）+ulty=教職人員

  We are going out to celebrate her being faculty of the year.

  我們要出門為她慶祝成為年度最佳教職員。

- **factor** *n.* 因素

  fac-（字根：製造，製作）+tor=因素

  There are many factors that can contribute to the test results.

  有很多因素會影響測試的結果。

UNIT 11 軟體開發模式

 情境介紹

　　今天討論近期接到的一個軟體開發案，由於業主要求完成的時間非常有限，所以公司團隊開始討論進行這項案子的策略，這時有人提出了敏捷開發（agile development），也就是說在專案開始執行前，不需要擬定出所有計劃各類需求，而是以一種先有主枝幹，在衍生枝葉的方式來進行，我個人很贊成在時間有限的案子運用這種敏捷開發的精神，以一種漸進式的開發和交付，逐漸滿足細節，這也是近來廣泛被利用的軟體開發模式（software development life cycle model）。

知識資訊站

　　敏捷開發也是增量模式（incremental model）的一種。軟體以一種增量、快速的循環開發。這樣的方式在軟體開發的過程中，會有階段性小量的發行／發佈（release），並且是依據先前的功能開發出來的。每一次的發行都會通過完整的測試以確保軟體的品質有良好的控制，這樣的開發方式常被用在時間緊迫的狀況，極限編程（Extreme Programming）是目前相當熱門的敏捷開發方式之一。

Part 1 維修測試

Part 2 系統整合

Part 3 售後服務

一問三答 ◯ Track 21

Q What should I know about agile development?
關於敏捷開發我需要了解什麼呢？

A1 Different from Waterfall model, agile development delivers software products to customers frequently before the completion of the project.
有別於瀑布模式，敏捷開發在專案結束前會多次的交付軟體給客戶。

A2 Agile development emphasizes face-to-face communication as the most effective way to exchange information.
敏捷開發強調面對面的溝通為最有效的傳遞資訊方法。

A3 Changes in requirements are accepted and welcomed in agile development.
需求的改變在敏捷開發是可以被接受並歡迎的。

Q ► How can we prevent developers and testers from being against against each other?
如何預防開發者及測試者間的對立呢？

A1 ► Cross training could be a good way to improve the understanding of each other's role.
以交叉訓練的方式促進兩種角色互相了解。

A2 ► Make sure the communication between developer and tester is often and smooth to avoid misunderstanding.
確保開發者和測試者間溝通頻繁且順暢，以避免誤解產生。

A3 ► Company culture is the key to promoting cross-functional team to work well together.
公司文化是讓跨部門團隊能一起良好工作的關鍵。

Part 1 維修測試

Part 2 系統整合

Part 3 售後服務

關鍵字彙 Track 22

▶▶ ex- 字首：超出

· **excel** *adj.* 優越的

ex-（字首：超出）+cel=超越的，優越的

Her excel sports performance makes her qualified for the 2016 Olympics.

她在體育的優越表現讓她具備參加 2016 年奧林匹克的條件。

· **extreme** *adj.* 極度的

ex-（字首：超出）+treme=極度的

This is an extreme case, and we should not see it as a normal one.

這是一個極端的案例，我們不應該把它視為常態。

· **excursion** *n.* 離題；短途旅行

ex-（字首：超出）+cur-（字根：跑）+sion（名詞字尾）=跑離開=離題；短途旅行

All the excursions on this cruise are free.

這個遊輪提供免費的到岸短途旅行。

· **expose** *v.* 暴露

ex-（字首：超出）+pose（*n.* 樣子，姿勢）=暴露

It is risky to expose your own identity on the Internet.

在網路上暴露自己的身份是有風險的。

▶▶ fin- 字根：結束

· **final** *adj.* 最後的

fin-（字根：結束）+al（形容詞字尾）=最後的

The final decision will be deliberated soon.

深思熟慮後的最終決定即將公佈。

· **finish** *v.* 結束

fin-（字根：結束）+ish（形容詞字尾）=結束

Let me know when you finish your job.

你工作做完的時候再告訴我一聲。

· **refine** *v.* 提煉，使精煉

re-（字首：再）+fin-（字根：結束）+e=修飾

Refined food is not good for health.

精緻化的食物是不健康的。

· **definitely** *adv.* 絕對地

de-（字首：加強）+fin-（字根：結束）+ite+ly（副詞化）=絕對地

This is definitely fraud. Don't fall for it.

這絕對是詐騙集團。別上當了。

Part 1 維修測試

Part 2 系統整合

Part 3 售後服務

UNIT 12 軟體階層測試

 ## 情境介紹

　　提到軟體測試，一定要了解所謂的軟體階層測試（level of testing），基本上軟體的階層測試是在辨識開發過程中有沒有遺漏什麼，並避免重複及多餘的部分。先前我們提到了軟體開發的六大階段，每個階段都需要進行測試，這就是軟體各個階層的測試：單元測試（unit test）主要是開發者以最小「單位」的方式確認程式碼，這裡的單位可能是按類別（classes）、函式（function）、界面（interface）或程序（procedure）來驗證單元／單一程式碼區域的邏輯是否正確。

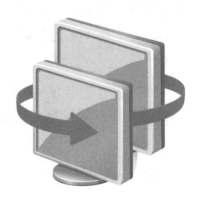

 **知識資訊站**

　　在另一個單元裡提到了系統整合，不論是系統的整合或是軟體的整合，整合測試（integration testing）都有著執行上的必要性，這樣的測試是用來確認兩個組件（module）整合後，是否都能在功能上及行為上正常的協同運作。而接受度測試（acceptance testing）是在確保軟體達到有關規格的要求，通常是交付給使用者或客戶來進行操作測試，最常見的種類就是 UAT 了（user acceptance testing），設定的軟體使用者要模擬實際使用操作的情節，比方說註冊帳戶、在系統中搜尋資料或是輸入建立資料等等。

Part
1
維修測試

Part
2
系統整合

Part
3
售後服務

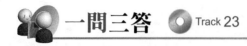 一問三答 ◎ Track 23

Q Our client responded that there is a defect found in the UAT. What should we do now?

我們的客戶反應使用者接受度測試發現了一個錯誤，我們現在該怎麼辦呢？

A1 First, we should figure out what kind of defect it is, and its severity.

首先我們要先弄清楚這個錯誤是什麼以及嚴重度。

A2 Let me see the findings first. Hope it is not too critical.

讓我先看一下他們的發現。希望不要太危急。

A3 Let's take a look to see if it's covered in requirements.

我們一起看看這個錯誤是不是在需求的範圍內。

Q ▸ What kind of defect is considered high priority?

有哪些錯誤的情況被視為高緊急度呢？

．．．

A1 ▸ When there are performance issues discovered from the test, it is considered a high priority defect.

當有功能上的問題在測試中被發現，這就算是一個重要緊急的錯誤。

．．．

A2 ▸ We'll call it a high priority defect when a major feature has logical issues.

重要功能有邏輯問題時我們會稱之為重要緊急的錯誤。

．．．

A3 ▸ When data loss occurs, it should be considered high priority and corrected as soon as possible.

當資料遺失發生時，應視為高緊急度並馬上處理。

關鍵字彙 Track 24

▶▶ habit- 字根：持有，居住

· **habit** *n.* 習慣

He keeps a good habit of running one mile everyday.

他保持每天跑步一英哩的好習慣。

· **inhabitant** *n.* 居民，棲息生物

in-（字首：內）+habit-（字根：居住）+ant（人）=居民，棲息生物

The inhabitants of the town are friendly to tourists.

這個城鎮的居民對遊客很友善。

· **habitat** *n.* 棲息地

habit-（字根：居住）+at=棲息地

Habitat conservation has been emphasized more and more nowadays.

棲地保育越來越受到重視。

· **rehabilitation** *n.* 康復；（罪犯的）改過

re-（字首：重新）+hab-（字根：持有）+ilitation=康復

The celebrity has been sent to rehab again. This is the third time this year.

這位名人又被送進勒戒中心。這已經是今年的第三次了。

➢ rehab 其實就是 rehabilitation 的縮寫，特別指的是勒戒中心。

▶▶ loc- 字根：地方

- **location** *n.* 地點

  loc-（字根：地方）+ation（名詞字尾）=地點

  The restaurant will move to a new location.

  這間餐廳將要搬到一個新的地點。

- **relocate** *v.* 調派地方

  re-（字首：再）+loc-（字根：地點）+ate=（動詞字尾，使…）
  調派地方

  Would you consider relocating for a job?

  你會考慮為工作搬家嗎？

- **local** *n.* 當地人 adj. 當地的

  loc-（字根：地方）+al（形容詞字尾，屬於…的）=當地的

  If you want to find the best local food, ask locals.

  你如果想知道道地美食，就要問當地人。

- **allocate** *v.* 分配

  al-（字首：方向，變化）+loc-（字根：地方）+ate（動詞字尾）
  =分配

  We have limited resources to allocate to that project.

  我們能夠分配到那個專案的資源有限。

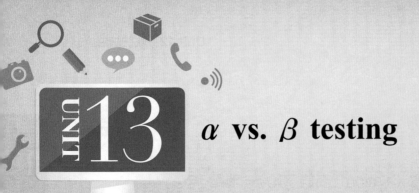

UNIT 13　α vs. β testing

 情境介紹

　　最近有一則新聞，是關於有位駕駛在使用 Tesla 電動車的自動駕駛（autopilot）功能下發生車禍，所以開始了追究 Tesla 是否要對這場事故負責的爭議，Tesla 強調這個自動駕駛的功能還在 beta testing 階段，駕駛們在使用這個軟體前就接受了軟體試用的條款（agreement），那麼 beta testing 指的是什麼？常常聽到有人在說「我們的軟體正在進行 alpha testing」、「我們的 App 已經進入 beta test」，這些測試的意義究竟何在？

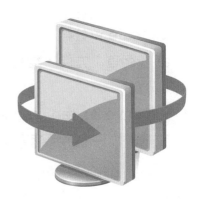

知識資訊站

　　不論是 alpha testing 或是 beta testing，都屬於軟體階層測試中的一種。這兩種測試都是軟體開發中相當常見的軟體測試策略，Alpha testing 特別是由產品開發基地（developer's site）所執行，執行的時間通常是在軟體接近完成的時候；而 beta test 則是軟體測試的下一個階段，又稱之為現場測試（field testing），這個測試是在客戶端（customer's site）進行的，通常是將完成的系統交付客戶使用者以進行安裝，並實地於工作環境下進行測試，所以說 beta test 又比 alpha test 更接近完成了一步。這兩種測試雖然都接近軟體完成階段，但其實都不是正式上線的狀態，通常來說，beta test 就是最接近公開上線狀態的測試了。

Part 1 維修測試

Part 2 系統整合

Part 3 售後服務

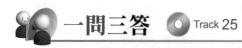 一問三答 ◉ Track 25

Q We hear about alpha testing and beta testing all the time. Which test is closer to the products' release?

常常聽到 alpha testing 或是 beta testing，到底哪一個測試更接近完成呢？

A1 Alpha testing takes place before beta testing. It is the final testing before leaving the developer's site.

Alpha 測試在 beta 測試之前，是離開開發端的最後一道測試。

A2 Beta testing is using real data to test in a real environment. It is one step further than alpha testing to completion.

Beta 測試在真實的環境下使用實際的資料做測試，比 alpha 測試更接近完成。

A3 Beta testing is performed at the users or customer's site and much closer to product release.

Beta 測試會在使用者或客戶端執行，比較接近產品發佈。

Q Should we stop our testing now?
我們現在應該結束測試了嗎？

A1 I think so since tomorrow is the testing deadline.
我想應該是，因為明天就是測試的期限了。

A2 No, we have to complete the functional testing first.
不行，我們要先完成功能性測試。

A3 No, the bug rate is still high. We have to solve the identified high priority bugs now.
不行，錯誤率還是高。我們現在要解決已經找出來的高重要性錯誤。

Part
1
維修測試

Part
2
系統整合

Part
3
售後服務

關鍵字彙 Track 26

▶▶ log- 字根：說

· **logic** *n.* 邏輯

log-（字根：說）+ic（形容詞字尾）=邏輯

In the test, we will examine the internal logic and structure of the code.

在這個測試中我們將會檢查程式的內部邏輯及架構。

· **dialogue** *n.* 對話

dia-（字首：兩者之間）+log-（字根：說）+ue=兩者之間的說話=對話

The clever dialogue in the movie is my favorite part.

我最喜歡這部電影的部分就是它充滿智慧的對話。

· **apology** *n.* 道歉

apo-（字首：遠，來自）+log-（字根：說）+y=道歉

I think you owe her an apology.

我想你還欠她一個道歉。

· **catalog** *n.* 目錄

cata-（字首：完全）+log-（字根：說）=完全說=延伸為目錄

Our electronic catalog can be downloaded online.

我們的電子目錄可以在網路上下載。

▶▶ mal- 字根：壞

- **malfunction** *n.* 發生故障

  mal-（字根：壞）+function（*n.* 功能）=失去功能=故障

  The system malfunction was caused by a software problem.

  這個系統的故障是由軟體發生問題所引起。

- **malicious** *adj.* 惡意的

  mal-（字根：壞）+icious=惡意的

  Spreading malicious gossip is not a decent move.

  散佈惡意的八卦不是一個正當的舉動。

- **malignant** *adj.* 惡性的

  mal-（字根：壞）+ignant=不好的，惡性的

  It was a great relief to the family when they found out his tu-
  mor was not malignant.

  家人們知道他的腫瘤不是惡性的都鬆了一口氣。

- **malcontent** *adj.* 不滿的

  mal-（字根：壞）+content（*adj.* 滿足的）=不滿的

  She got a bad reputation for being malcontent all the time.

  她因為總是不滿，所以有著不好的名聲。

UNIT 14 維修與品質的關係

 情境介紹

　　在這個章節我們提到了許多維修測試相關的知識，也針對軟體開發較深入地介紹了相關的測試，其中不乏提到「品質」的概念，相信現在提到品質，大家應該都能夠聯想到「流程」了吧！是的，舉凡涉及到品質，就一定脫離不了流程，這些標準化的流程不是在設限我們的工作，而是在提供一個方針，許多企業員工會視流程為一種拘束，其實就是沒有真正了解品質系統的意義。

知識資訊站

　　那麼怎麼樣才算是開發出有品質的軟體呢？先前講到的許多測試，目的就是將軟體的錯誤降到合理的範圍，並符合原先定義的需求及期望，另外就是要能夠被維護（maintainable）。就客戶的角度來看軟體的品質，良好的設計是一個主要的面向，軟體的界面要清楚明瞭且容易操作，功能上要能夠符合一開始定義的需求，且必須要是可靠的（reliable），舉例來說，一個防毒軟體如果有百分之五十的可能偵測不到存在的病毒，這樣就不算是一個可靠的軟體，另外客戶還會期待在高品質的軟體產品上體驗到耐用（durable）及穩定（consistency）等特質，並且最好是有售後的服務，當然價格也是關鍵，性價比（cost performance ratio, CP 值）永遠會是消費族群考量的重點。

Part 1 維修測試

Part 2 系統整合

Part 3 售後服務

一問三答 ◉ Track 27

Q The manager said we'll walk through tomorrow. What does "walkthrough" mean?

經理說明天要走查。「走查」是什麼意思呢？

A1 Code walkthrough is not a formal process like code inspection.

程式碼走查就像程式碼檢查，不是一個正式的審查。

A2 Usually, the author will guide the participants to read through his codes and documents.

通常由程式編寫者引導參與者閱讀自己編寫的程式碼及文件。

A3 Walkthrough will help the development team to have a common understanding and is a good way to get feedback at an early stage.

走查可以幫助開發團隊達成共識，並是一個早期得到意見回饋的好方法。

Q When should we consider automated testing?

什麼時候我們應該考慮自動測試呢？

A1 Automated testing can be a good solution to repetitive tests to reduce human error.

自動測試可以是重複執行測試的良好解決方案，來降低人為犯錯。

A2 When tests cannot be performed manually or cost too much labor and time to complete, test automation should be considered.

當測試無法以手動操作，或耗費太多人力與時間才能完成，就該考慮採用自動測試。

A3 Automated testing can be considered when multiple data sets are involved in the test.

自動測試可以用在需要很多資料組合的測試。

關鍵字彙 Track 28

▶ port- 字根：拿，攜帶，承受

- **portable** *adj.* 可攜帶的

port-（字根：攜帶）+able（形容詞字尾，具備…能力）=可攜帶的

This portable speaker which can play music through wireless Bluetooth is awesome.

這個可攜式的音響實在太棒了，可以透過無線藍芽播放音樂。

- **opportunity** *n.* 機會

op-（字根：朝向）+port-（字根：攜帶）+unity=朝向攜帶=機會

It was the opportunity of lifetime. So he grabbed it with no doubts.

這是一個此生難得的機會。所以他毫不懷疑的抓住了這個機會。

- **portfolio** *n.* 作品集，文件夾

port-（字根：攜帶）+folio（*n.* 書頁，對開本）=作品集，文件夾

It would be great if you could enhance the product portfolio.

如果你能讓這個產品的檔案更好就太棒了。

- **report** *n.* 報告

re-（字首：再）+port-（字根：攜帶）=再次提起=報告

It's a kind reminder that the report is due tomorrow.

友善的提醒你，這個報告明天要交。

▶ sent- 字根：感覺

· **presentation** *n.* 發表

pre-（字首：在…之前）+sent-（字根：感覺）+ation（名詞字尾）=發表

Her presentation skills are superb.

她的上台表現技巧很好。

· **consent** *n.* 同意，贊成

con-（字首：共同）+sent-（字根：感覺）=共同的感覺=同意，贊成

We have to get consent before starting the project.

我們要得到同意後才能開始這個案子。

· **sentimental** *adj.* 多愁善感的

sent(i)-（字根：感覺）+mental（*adj.* 心理的）=多愁善感的

Rainy days always make him sentimental.

下雨天總是會讓他多愁善感。

· **sentence** *n.* 句子

拉丁文 sententia（感覺，意見）的變形。

sent-（字根：感覺）+ence（名詞字尾）=句子

The following example will give you an idea of how to use the vocabulary in a sentence.

下面提供的例子讓你了解如何在句子中使用這個單字。

Part 1 維修測試

Part 2 系統整合

Part 3 售後服務

UNIT 15 參與測試的角色及責任

 情境介紹

　　上個禮拜測試的結果發現了一些錯誤，若要對所有的錯誤全面進行修正的話，可能會造成案子的延緩，也需要額外的費用來執行，所以今天的會議要來討論接下來該怎麼進行。這樣的情境是不是常發生在工作上呢？實際執行發現的問題，要在短時間內完全的解決是不可能的，那麼面對這樣的情況到底要如何處理呢？接下來透過測試管理的介紹，提供一個不同的角度來思考。

知識資訊站

　　談到測試管理，第一步就釐清測試相關人員的角色及責任。這個看似無關卻相當重要的步驟卻常常被忽略，舉個例子來說，在學校裡進行分組討論前，如果先設定好三個角色：領導討論的人、記錄會議的人、提醒會議時間的人，這樣的討論通常會比沒有事先定義的會議來得有效率許多。測試管理也是一樣的道理，首先定義好測試領導者及測試者個別的角色及責任，再由測試的規劃展開一系列測試的執行、監測及控制等，並在測試最初，與利益關係人共同擬出測試的目的、組織的測試政策、測試策略及測試計劃，這樣的管理方式將會更有效率的掌握整個測試的過程。

Part 1 維修測試

Part 2 系統整合

Part 3 售後服務

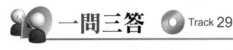 **一問三答** ◎ Track 29

Q I'm working on the test report. Do you know any good references I could use?

我正在撰寫測試報告。你知道什麼好的參考資料嗎？

A1 The testing team should have archives. Have you asked them yet?

測試部門應該有檔案吧。你問過了嗎？

A2 The IEEE 829 standard test summary report provides a template and could be useful to you.

國際電機電子工程學會制定的 829 標準測試摘要報告有提供範本，或許對你有幫助。

A3 Reviewing previous test reports should give you a heads-up about what kind of information should be included in a report.

瀏覽過去的測試報告應該能給你一些方向，關於測試報告裡面應該要有什麼內容。

Q There has been a delay in our software development project. What should we do now?

我們的軟體開發案進度有些延誤，該怎麼辦呢？

A1 We should gather all the team members to discuss it.

我們應該召集這個案子的工作團隊進行討論。

A2 I'd like to understand the main reason for the delay.

我想了解一下延誤的主要原因。

A3 Is it because of a manpower shortage? If it is, we'll see if other teams can offer some support.

是因為缺乏人力嗎？如果是的話，看看其他團隊有沒有人可以過來支援。

Part
1
維修測試

Part
2
系統整合

Part
3
售後服務

關鍵字彙 💿 Track 30

▶▶ serv- 字根：服務，保留

· **server** *n.* 伺服器

serv-（字根：服務）+er（名詞字尾，物）=伺服器

We will use a proxy server to enhance safety.

我們將會使用代理伺服器來提高安全性。

· **reserve** *v.* 保留

re-（字首：再）+serv-（字根：保留）=保留

I have called the restaurant to reserve a table for us.

我有打電話請餐廳保留一桌給我們。

· **conservative** *adj.* 保守的

con-（字首：共同）+serv-（字根：保留）+ative（形容詞字尾，…性質的）=保守的

He tends to be conservative when it comes to investment.

他對於投資抱持保守的態度。

· **deserve** *v.* 應受，該得

de-（字首：使成…）+serv-（字根：服務）+e=應受，該得

I don't think he deserved to be treated that way.

我不認為那是他應得的對待。

▶▶ sign- 字根：符號

- **signal** *n.* 訊號

  sign-（字根：符號）+al（名詞字尾）=標記=信號

  The cell phone signal is weak in this building.

  這棟建築內的手機訊號很弱。

- **signature** *n.* 簽署

  sign-（字根：符號）+ature（名詞字尾）=簽署

  It requires your signature to open an account.

  開啟這個帳號需要你的簽名。

- **assignment** *n.* 任務

  as+sign-（字根：符號）+ment（名詞字尾）=任務

  He took the assignment to be a war photographer.

  他接受了戰地攝影師的任務。

- **design** *n.* 設計

  de-（字首：加強）+sign-（字根：符號）=設計

  A good design can create a better life.

  一個好的設計可以創造更好的生活。

UNIT 16 測試管理

 情境介紹

　　相信大家對於 IT 中的事件（incident）並不陌生。當我們提到 incident 的時候，不一定是指「錯誤」或「缺失」，incident 指的是可疑行為（behavior）的可能性。通常良好的事件管理，就是將這些事件記錄下來（incident log），這樣能夠幫助我們觀察並追蹤事件的處理及校正。在軟體測試中事件的管理也相當的重要，因為在早期測試發現到的問題一定比末期花費低，也比較容易從軟體內移除。

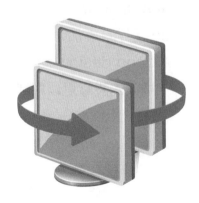

知識資訊站

　　雖然說許多的事件是因為錯誤使用（user error）或是與錯誤（defect）不相關，但事實上有一定比例的錯誤往往會躲避過測試及品質保證（Quality Assurance, QA），這時候事件報告就是一個很好的輔助工具，因為程式員能夠從事件報告中發現並修正錯誤。一個好的事件報告其實就是一份技術文件，工作上我們往往會著重在執行，卻忘了適當地記錄及妥當地保存資料，在這裡要強調的就是記錄的重要，不僅僅是在軟體的測試、產品的維修、售後服務等等，這些記錄也可以視為品質文件的一部份，因為建立一個錯誤追蹤的系統（defect tracking system），其實就是邁向持續進步（continuous improvement）的第一步—了解自己的弱點，然後才能改善及加強。

Part 1 維修測試

Part 2 系統整合

Part 3 售後服務

 一問三答 ● Track 31

Q I'm new to the role. Could you give me some tips on writing an incident report?

我是第一次做這個工作。可以請你給我一些撰寫事件報告的建議嗎？

A1 This report should be able to provide enough information for others to understand why the misbehavior or defect happened.

這份報告要能夠提供其他人足夠的資訊，以了解發生的不正常行為或錯誤。

A2 The testing approach should be chosen carefully in the beginning.

一開始選擇測試方法時就要謹慎。

A3 Many managers will try to understand the severity and urgency through the incident report. Thus, it is better to include this information in the incident report.

許多管理者會想透過事件報告了解嚴重度及緊急度，所以最好要把這些寫進去。

Q What are the benefits that software testing tools can bring?

運用軟體測試工具的好處？

A1 Software testing tools can reduce repetitive work and thus save more time.

軟體測試工具可以減少重複性的工作因而節省時間。

A2 It is easier to get testing information through testing tools.

透過測試工具較容易取得測試的資訊。

A3 Testing tools can provide objective assessments.

測試工具能夠提供客觀的判斷。

Part
1
維修測試

Part
2
系統整合

Part
3
售後服務

關鍵字彙 Track 32

▶▶ puls- 字根：驅使，推動

· pulse *n.* 脈搏

puls-（字根：推動）+e=脈搏

The heart rate can be measured by checking the pulse.

可以透過脈搏來測量心跳速率。

· impulsive *adj.* 衝動的

im-（字首：加強）+puls-（字根：推動）+sive（形容詞字尾）=
衝動的

It was an impulsive shopping.

那是一時衝動消費買的。

· compulsive *adj.* 強制的

com-（字首：加強）+puls-（字根：驅駛）+sive（形容詞字
尾）=強制的

Obsessive-compulsive disorder can be treated by medication and psychotherapy.

強迫症可以透過藥物及心理治療來控制。

· expulsion *n.* 驅離

ex-（字首：外出）+puls-（字根：驅駛）+ion（名詞字尾）=驅離

The expulsion of the CFO surprised all of us.

首席財務長被開除的事震驚了我們所有人。

▶▶ quest- 字根：詢問，尋求

- **questionable** *adj.* 令人質疑的

  quest-（字根：詢問）+ion（名詞字尾）=疑問，問題

  question（*n.* 疑問）+able（具…能力的）=疑問的=令人質疑的

  His intention was questionable.

  他的動機令人質疑。

- **request** *v.* 請求

  re-（字首：一再）+quest-（字根：詢問）=一再詢問=請求

  He accepted our request to run the test again.

  他答應了我們的請求重新再測試一遍。

- **questionnaire** *n.* 問卷

  quest-（字根：詢問）+ionnaire=問卷

  Can you help me fill out this questionnaire?

  可以請你幫忙我填寫這份問卷嗎？

- **inquest** *v.* 審理，審訊，驗屍

  in-（字首：向，朝）+quest-（字根：詢問）=朝…詢問=審查

  An inquest has been ordered by the court to investigate the cause of his death.

  法院命令進行驗屍以調查他的死因。

Part 2 系統整合

UNIT 1 系統整合的必要性

 情境介紹

　　科技產業毫無疑問這幾年正經歷著各樣巨大的進步和轉變，日新月異的各樣科技，各種新穎熱門的科技用語，是否讓人感覺既熟悉又陌生？熟悉的是這些用語或科技充斥在我們的日常生活，但陌生的是，雖然常常聽到，但卻對這些用語或概念一知半解，正因如此，我們對於科技相關的英文總是又敬又怕，但是在這個以科技為導向的未來，越來越多的接觸已不可避免。透過這個章節，我們將以系統整合為主，介紹相關的一些英文及知識，讓你對這類科技話題不再陌生。

知識資訊站

　　為了因應公司的業務擴展，公司正在考慮是否要引進系統整合這項外包服務。首先要做的第一步，就是對系統整合的需求進行評估了，想像這項工作如果交付給你的話，你會如何著手呢？需不需要 IT 背景來完成這項評估呢？當然了，從 IT 的角度切入，一定能更精準的預估執行的細節和整合所能帶來的效益，但以企業管理者的角度出發，提供了另一種看待系統整合的面向，例如由目前既有的商業模式及業務流程做出發，需要什麼樣的升級和整合來迎接目前的挑戰或開拓公司的業務？投入這項整合的成本會有如何的回收？

Part
1
維修測試

Part
2
系統整合

Part
3
售後服務

一問三答 Track 33

Q I heard your company had a system integration recently. Would you mind sharing some tips?

我聽說你們的公司最近才剛進行過系統整合，系統整合的祕訣為何？

A1 One thing I would recommend is to make sure all security challenges are addressed.

我會建議的一件事就是確保所有的安全問題挑戰都有被考量到。

A2 I would say use the relevant integration tools.

我會說祕訣是使用相關的整合工具。

A3 It could be useful to break down the overall integration project into small steps for a large-scale integration.

如果是一個大型的整合，把整個整合計劃拆解成數個小步驟可能會有幫助。

Q I was assigned to evaluate the need for a system integration. Could you let me know what the needs from your department are?

我被分配到負責系統整合需求的評估，可以請你告訴我你們部門的需求嗎？

A1 We are expecting application integration to meet the increasing need of cloud computing.

我們部門期待應用程式的整合，以面對逐漸增加的雲端運算需求。

A2 We need the data to be transferred faster.

我們需要數據能被更快速地傳送。

A3 It would be great if we could access the data on a mobile device.

如果我們可以從行動裝置上讀取這些數據就太好了。

關鍵字彙 Track 34

▶ **ad- 字首：向…**

· **address** *v.* 提及，提出

ad-（字首：向…）+dress（*v.* 著裝）=提出

Please make sure you address this issue at the meeting.

請你務必在這次會議提到這個議題。

· **adjust** *v.* 調整

ad-（字首：向…）+just（*adv.* 剛好的）=調整

It took her two years to adjust to life in Taipei.

她花了兩年的時間適應台北的生活。

· **advice** *n.* 建議

ad-（字首：向…）+vice（*n.* 替代）=建議替代的方案

You should ask your father for advice.

你應該請教你父親的建議。

· **adventure** *n.* 冒險

ad-（字首：向…）+venture（*n.* 冒險，投機）=冒險

To him, travel is like an adventure.

對他來說，旅行就像是冒險。

▶▶ micro- 字首：微小的

- **microservice** *n.* 微服務

micro-（字首：微小的）+service（*n.* 服務）=微服務

Microservices architecture is an interesting concept that allows processes to communicate with each other.

微服務架構是一個有趣的概念，它可以讓流程相互溝通。

- **micromanagement** *n.* 微管理

micro-（字首：微小的）+management（*n.* 管理）=微管理

Micromanagement is a failure of leadership.

微管理是一種失敗的領導方式。

- **microbiology** *n.* 微生物學

micro-（字首：微小的）+biology（*n.* 生物學）=微生物學

Microbiology was her major.

她的主修是微生物學。

- **microwave** *n.* 微波

micro-（字首：微小的）+wave（*n.* 波）=微波

He likes to use a microwave to heat up food.

他喜歡用微波爐加熱食物。

UNIT 2 何時需要系統整合

 情境介紹

　　在職場上，從不同的工作屬性及管理立場，對於系統整合也有不一樣的看法。對企業管理者來說，一提到系統整合，最關切的話題一定是系統整合的過程會不會影響到既有的業務營運，以及花費在系統整合上的成本、時間和資源了。對專業的 IT 人員來說，由於更了解執行的細節及挑戰，所以一聽到系統整合，就知道是件頭痛的事，因為系統整合絕對不是個可以輕鬆完成的工作。

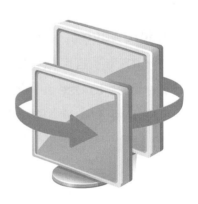

知識資訊站

在已經成立並營運十年以上的公司工作，很容易發現公司的資訊系統存在著祖父級的軟體及硬體，這些系統傳奇（英文稱之為 legacy system，中譯為保留系統）保有太多的數據資訊及涉及許多營運流程（process），因此很難或甚至無法完全淘汰，這些 legacy system 無法被更新，且難以應對日新月異的業務需求，這時候就必須要引進新的系統，並進行新舊系統的整合。又或是當公司與公司間進行合併的時候，假設兩間公司各自有不同的 legacy system，這時候系統的整合也是無可避免的了。像這樣的整合，屬於資訊管理系統（MIS, Management Information System）整合的一種，也是各個產業都會面臨需要的一項系統整合。

Part
1
維修測試

Part
2
系統整合

Part
3
售後服務

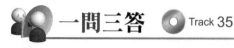 一問三答 ◉ Track 35

Ⓠ We are merging with a company, and they have a legacy system different from ours. What strategy would you recommend for systems integration?

我們正要進行合併的公司用的保留系統與我們不同。你會建議什麼系統整合策略來因應呢？

Ⓐ1 You can keep both systems and develop a same functionality for both.

你可以保留各自原有的系統，並開發出他們共同的功能。

Ⓐ2 You can consider replacing both systems with a new one.

你可以考慮用一個新的系統取代兩個各自原有的系統。

Ⓐ3 Select the best systems from each company and combine them. This could also be an option.

從各個公司選出最佳的系統，並結合它們，也是一種做法。

Q ▸ Hi there. I'm new to the company. Do you know how to contact MIS?

嗨!我是公司的新人。想請教你要怎麼跟我們公司的資訊部人員聯繫呢?

A1 ▸ The MIS workstation is on the third floor.

資訊部在三樓。

A2 ▸ You can dial extension number 101 to reach them.

你可以撥分機號碼 101 聯絡他們。

A3 ▸ You could email the help desk and specify what you need from them.

你可以寫信到資訊部的服務台,並說明你需要什麼樣的幫助。

Part
1
維修測試

Part
2
系統整合

Part
3
售後服務

關鍵字彙 Track 36

▶ **re- 字首：重複，重新，回**

- **replace** *v.* 置換

  re-（字首：重新）+place（*v.* 置放）=置換

  We are finding someone to replace him.

  我們正在找交接他工作的人。

- **return** *v.* 返回，退換

  re-（字首：回）+turn（*v.* 轉向）=返回

  What is your return policy?

  請問你們的退換政策是什麼？

- **recall** *v.* 召回，回想

  re-（字首：回）+call（*v.* 召喚）=召回，回想

  I don't recall what happened last night.

  我不記得昨晚發生什麼了。

- **retire** *v.* 退休

  re-（字首：回）+tire（*v.* 感到疲勞，厭倦）=退休

  He is going to retire next year.

  他明年就退休了。

▶▶ plic- 字根：不斷重覆、倍數

· **application** *n.* 應用程式

apply（*v.* 應用）；application=不斷重複應用=延伸為應用程式

The application needs to be upgraded.

這個應用程式需要被更新。

· **duplicate** *v.* 複製，副本

dual（*adj.* 雙重的）；duplicate=不斷重複雙重=複製，副本

Don't duplicate the document.

不要複印這本文件。

· **complicated** *adj.* 複雜的

com-（字首：一起）；complicated=很多事情一起發生=複雜的

The situation got a little bit more complicated than we thought.

情況比我們想像的變得有點更複雜了。

· **implicate** *v.* 牽連，意指

imply（*v.* 包含）；implicate=重複 imply=牽連，意指

Smoking has been implicated as a cancer risk factor.

抽煙被指出是癌症的風險因子。

UNIT 3 常見的系統整合

 情境介紹

　　在眾多的系統整合中，除了先前談到的資訊管理系統整合外，還有什麼樣常見的系統整合呢？在這個物聯網（Internet of Things, IoT）的時代，網路系統的整合絕對是系統整合中的一個重點了。講到網路系統整合，網路作業系統（NOS, Network Operating System）絕對是整合及規劃網路時的一個關鍵。NOS 直接影響公司網路系統連結到其它網路的能力，同時也影響到公司作業系統可使用的應用程式以及數據的可攜性等。

知識資訊站

　　這次在評估公司系統整合需求時,彙整了來自各個部門的意見(feedback),發現公司存在著不同的作業系統(例如 Windows, Mac 及 Linux 等),當混合網路作業系統未被有效整合時,小至連線、印表機作業問題的產生,大至網路安全、機器設備等,都有可能受到影響。所以公司決定要借助外包專業的網路作業系統整合服務,以協助我們選擇合適公司營運環境的系統,設計並架構混合網路。透過這項系統整合,各設備間的連線溝通將更順暢,系統的管理也將變得更有效率。

Part
1
維修測試

Part
2
系統整合

Part
3
售後服務

一問三答 Track 37

Q What do I need to know about the Internet of Things?
關於物聯網必須要知道的是什麼？

A1 The Internet of Things is the network of people, process, data and things that can impact economy in many ways.
物聯網就是聯結了人、流程、數據及各項事物的網絡，能夠從各方面對經濟產生影響。

A2 The power of IoT is to enable data collection and analysis through the connection of all objects.
物聯網的力量在於透過各項事物的聯結來收集並分析數據。

A3 Gartner predicts the devices on the IoT will grow to 26 billion units by 2020.
顧能集團預測，到 2020 年將有 260 億單位的器材聯結到物聯網。

Q What are the issues we have now for the ongoing system integration project?

我們現在進行的系統整合遇到了哪些問題？

A1 I'm afraid that the cost of integration may exceed the budget.

整合所需的費用恐怕會超出預算。

A2 The changes and updates made to the integration system are more than expected. The cost of system maintenance could be increased.

為系統整合所做的改變和更新比預期的多。系統維護所需要的費用可能增加。

A3 There are some unproven solutions that may lead to an increased risk of failure.

目前有一些未經證明的解決方案，可能會增加未來失敗的風險。

關鍵字彙 Track 38

▶▶ sub- 字首：次、副、分支、在…之下

· **subsystem** *n.* 次系統
sub-（字首：次、分支）+system（*n.* 系統）=次系統
System integration is to integrate subsystems.
系統整合就是將次系統們整合在一起。

· **subway** *n.* 地下鐵，地下通道
sub-（字首：在…之下）+way（*n.* 道路）=在道路之下=地下鐵
Do you have any restaurant recommendations that are easy
to get to by taking subways?
你有推薦什麼餐廳是搭地鐵就可以到的嗎？

· **subtropical** *adj.* 亞熱帶的
sub-（字首：亞、次）+tropical（*adj.* 熱帶的）=亞熱帶的
Taiwan has a combination of tropical and subtropical climate.
台灣有著混合性的熱帶及亞熱帶氣候。

· **sub-zero** *adj.* 零度以下的
sub-（字首：在…下）+zero（*n.* 零度）=零度以下
Sub-zero temperatures are lower than zero degrees.
零度以下就是氣溫低於零度。

▶▶ un- 字首：否定

- **unproven** *adj.* 未被證明的，未被證明的

  un-（字首：否定）+proven（*adj.* 已證明的）=未被證明的

  This is an unproven treatment.

  這個治療方法還沒有被證明。

- **unsolved** *adj.* 未被解決的

  un-（字首：否定）+solved（*adj.* 已解決的）=未被解決的

  You have to deal with this unsolved problem.

  你必須要面對這個未解決的問題。

- **unreal** *adj.* 不真實的

  un-（字首：不）+real（*adj.* 真實的）=不真實的

  The fog added to the unreal appearance of the landscape.

  這場濃霧讓這裡的景觀增添了一種不真實的景象。

- **uncomfortable** *adj.* 不舒服的

  un-（字首：不）+comfortable（*adj.* 舒服的）=不舒服的

  It was an uncomfortable conversation.

  這是一場令人不自在的對話。

Part
1
維修測試

Part
2
系統整合

Part
3
售後服務

UNIT 4 系統整合服務的提供

 情境介紹

　　今天安排了最終三家入選廠商到公司來進行系統整合案的最終報告，經過將近一個月嚴謹的評選流程，我們終於決定由廠商 A 勝出，取得這次系統整合的案子。這次決定由廠商 A 來進行公司的系統整合，主要是因為他們的提案強調能夠提供完善的專案管理規劃及技術解決方案，將涵蓋軟體、硬體、網路服務、作業系統、資料庫系統與人力資源於系統整合作業，如此全方面的考量及規劃，讓廠商 A 能在數個競爭廠商中脫穎而出，取得這次系統整合的服務機會。

知識資訊站

　　為了使企業的營運更有效率，資訊系統的升級也是需要因應潮流及外在環境，但不同的企業規模，不同的資本和營業項目，內部整合的預算和規劃就會有不同的配套組合，部分企業可以仰賴內部資訊部門自行採購並升級進行內部整合，部分企業則選擇外包專業團隊，以減少整合時間並發揮最大的功效。眾多的系統整合服務該如合選擇，具備研究及創新的熱忱？良好品質的供應商來源？獨特創新的解決方案？這些都是選擇時可以納入考量的特質。優秀的系統整合服務能夠協助客戶享受到最先進的科技優勢。

一問三答 ◉ Track 39

Q How does system integration impact your organization?

系統整合如何對組織產生正面的影響呢？

A1 System integration could make process more efficient across your organization.

系統整合可以使組織內的流程更有效率。

A2 Data visibility could be remarkably improved through implementation of system integration.

數據能見度可經過系統整合得以大大地改善。

A3 Expansion of sales channels can be achieved with software system integration.

伴隨著軟體系統的整合，銷售通路得以達成擴展。

Q What kind of systems integration service does your company provide?

你們公司能提供什麼樣的系統整合服務呢？

A1 We provide integration of operations support systems to evolve your systems and data environment.

我們可提供營運支援系統的整合，以提升貴公司的系統及數據環境。

A2 System integration of TV, applications and service delivery platforms is one of our services.

整合電視、各項應用設備及服務平台是我們其中一項服務項目。

A3 We can help with data migration quickly and securely for almost any kind of data.

針對幾乎各種數據資料，我們能協助您快速且安全地進行數據遷徙。

Part 1 維修測試

Part 2 系統整合

Part 3 售後服務

關鍵字彙 Track 40

▶ **im- 字首：加強意義，表示「使得⋯、加以⋯」**

· **improve** *v.* 改進，改善，增進

im-（字首：使得）+prove（*v.* 證明，表現，顯示）=使表現更好
=改善，增進

His English is improving.

他的英文正在進步。

· **implementation** *n.* 實施，實踐；執行，安裝

im-（字首：用於）+plementation=用於⋯之上=執行，實施

The full implementation of the system will take some time.

完成全部的系統安裝需要一些時間。

· **implicate** *v.* 牽連，連累；意味著，暗指

im-（字首：使處於⋯的境地）+plicate（*n.* 有褶的）=牽連

I was wondering what he implicated.

我在想他到底在隱射什麼。

· **impact** *v.* 衝擊，碰撞，影響

im-（字首：使處於⋯的境地於）+pact（*n.* 約定）=影響，衝擊

She's an outstanding athlete who is already making an im-
pact in this competition.

她是一個優秀的運動員並且已經準備好要在這次比賽中大展身手。

▶▶ -ment 字尾：某種狀態或結果

· **improvement** *n.* 改進，改善，增進

improve（*v.* 改進，改善，增進）+-ment=improve 的名詞

There was a great improvement in her soft skills.

她的社交技巧有很大的進步。

· **environment** *n.* 環境

environ（*v.* 包圍；圍繞；圍住）+-ment=environ 的名詞

We need to create a safe working environment for all employees.

我們必須創造一個安全的環境提供給所有員工。

· **appointment** *v.* 約定，約會

appoint（*v.* 任命，指派）+-ment=appoint 的名詞

I have a dentist appointment on Saturday.

我禮拜六約了要去看牙醫。

· **disappointment** *v.* 失望

disappoint（*v.* 使失望）+-ment=disappoint 的名詞

The movie was a disappointment.

這部電影令人失望。

Part 1 維修測試

Part 2 系統整合

Part 3 售後服務

UNIT 5 系統整合的效益

 情境介紹

今天下班前收到公司內部 email 通知，上面寫著：「本公司資訊系統將自Ｘ月Ｘ日午夜 12:00 起至當日上午 6:00 將進行系統整合，屆時將無法使用部分軟體。」

科技愈來愈發達的今日，在工作職場中也愈來愈頻繁地接觸到「系統整合」，系統整合到底如何影響著我們的工作呢？不論是執行系統整合的科技人或是使用系統整合後的軟體或硬體的終端使用者科技人，都有機會體驗到系統整合帶給我們的便利及效率提升。

知識資訊站

　　公司近日來積極地進行 SAP 系統導入，SAP 是目前廣泛使用的企業資源規劃（Enterprise Resource Planning, ERP）軟體之一，因應這項新系統的導入，有許多軟體及硬體上的系統整合需要，身為終端用者，在導入初期最大的工程就是執行資料的輸入及輸出了，為了確保系統間資料轉換的順暢，設定欄位資料格式變得相當重要，然而這只是系統整合中的一項小細節，整項系統整合工作有如一個重大工程，是由一個專業團隊所負責，而整合所需的時間，也是長達數月之久，導入到正式上線初期，經營者或使用者或許還無法感受到整合的效益，但長遠的來看，系統整合後的確能提高資訊的效益，使流程更簡明，並大大提升整體營運效益。

一問三答 Track 41

Q What are the benefits of systems integration?
系統整合有哪些好處？

A1 Most users of integrated systems benefit from how the technology performs. When systems are integrated, working procedures are improved so that processing time is reduced and work efficiency is increased.

大多數的系統整合使用者都能體會到這項科技帶來的優勢。系統整合後，可使得工作流程更流暢，減少了處理時間並增加了工作效率。

A2 Systems integration can improve data collection and accessibility. Many times companies struggle for acquiring data from their own data system. Integrated systems make it easier to access data.

系統整合改善了資料的蒐集及運用。許多公司常為搜尋系統資料的困難而感到苦惱。然而整合後的系統能讓資料擷取運用更簡單。

A3 Business users see improved performance through streamlined operations. It is not the only benefit of systems integration.

企業使用者能透過效率化的經營運作，體會到整體工作表現的進步。而這不只是系統整合唯一的好處。

Q Do you know why our company is integrating a new ERP system?

你知道為什麼我們公司要整合新的企業資源規劃嗎？

A1 I heard that the new ERP (Enterprise resource planning) system could help our organization manage business better.

我聽說新的企業資源規劃系統可以幫助我們組織營運得更好。

A2 I have no idea. I just know that SAP will be the new ERP system our company is going to adopt.

我也不是很清楚。我只知道我們公司要用的新企業資源規劃系統叫做 SAP。

A3 I don't even know what an ERP system is. Could you explain it to me?

我連什麼是企業資源規劃系統都不知道。你可以解釋給我聽嗎？

關鍵字彙 Track 42

▶▶ -tion 將動詞轉換為名詞

· **integration** *n.* 整合
integrate（*v.* 使成一體，使結合，使合併）+tion（名詞字尾）
=intergrate 的名詞
I received information that you are running a beta test of a product.
我聽到你正在進行一項產品測試的消息。

· **information** *n.* 報告；消息；報導；情報資料；資訊
inform（*v.* 通知，告知，報告）+a+tion（名詞字尾）=資料
Systems integration is a hot topic these days due to the increasing needs in business intelligence.
隨著商業智能的需求增加，系統整合成為近日一項熱門話題。

· **isolation** *n.* 隔離；孤立；脫離
isolate（*v.* 使孤立；使脫離）+tion（名詞字尾）=isolate 的名詞
I am enjoying the isolation of my mountain retreat.
我正在我的山中小屋享受與世隔絕的感覺。

· **imagination** *n.* 想像力
imagin（image *v.* 想像）+a+tion（名詞字尾）=imagine 的名詞
Use your imagination.
運用你的想像力。

- **activation** *n.* 活化（作用）；啟動
activ（activate *v.* 使活動起來；使活潑）+a+tion（名詞字尾）=
活化
Do Android phones have online activation?
Android 手機有線上啟動的功能嗎？

- **determination** *n.* 堅定；果斷，決斷力，下定決心
determin（determine *v.* 決定，下決心）+a+tion（名詞字尾）
=determine 的名詞
Determination is the key to success.
下定決心是成功的關鍵。

- **motivation** *n.* 動機
motiv（motivate *v.* 給…動機；刺激；激發）+a+tion（名詞字
尾）=motive 的名詞
His motivation is not fully understood.
他現在介入的動機還不完全被了解。

- **transformation** *n.* 變化；轉變；變形；變質
transform（*v.* 使改變；將…改成）+a+tion（名詞字尾）=trans-
form 的名詞
The transformation was smooth and successful.
這項轉變很順暢且成功。

Part 1 維修測試

Part 2 系統整合

Part 3 售後服務

UNIT 6 整合通訊

 情境介紹

　　近期公司導入思科（Cisco）整合通訊（unified communi-cations）系統，在原本最頻繁使用的 IP phone 和 WebEx 之外，TelePresence 是一項 Cisco 的多功能視頻會議產品，由於國際性公司的團隊及辦公室遍佈全球，因此各分公司之間小組協同合作需求頻繁，擁有高效率且具成本效益的通訊系統是十分重要的。有了 TelePresence 後，團隊的溝通就如同面對面一般，能更即時有效率的討論最新議題及解決方案，也能節省國際長途電話費用或國際差旅的開銷。

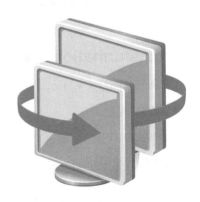

知識資訊站

　　網路數位化產業在近幾年來蓬勃地發展，許多相關科技也廣泛的運用在各個產業，跨國公司常常需要 T-con，T-con 就是 teleconference，利用特定的設備，讓駐點在世界各地的同事能夠同時一起開會，這項設備能夠使用公司既有網絡，省下昂貴的國際長途電話費用，更重要的是良好的通話品質，避免通話延遲，確保會議內容同步，更有效率的建立團隊合作關係並解決跨國業務上的問題。電信網路系統整合不僅應用在網絡管理及公司內網架構，還能廣泛的運用在電郵系統、遠端讀取作業系統、企業資料備份還原及網路病毒監控等。

Part
1
維修測試

Part
2
系統整合

Part
3
售後服務

 一問三答 Track 43

Q What do you need to know about unified communications (UC)?
關於整合通訊你需要了解什麼？

A1 Unified communications integrate communication systems and allow users to have real-time communication in an efficient way.
整合通訊整合了通訊系統，能讓使用者能以一種有效率的方式進行即時的通訊。

A2 Unified communications products include equipment, software, and services.
整合通訊產品包括了設備、軟體及服務。

A3 Unified communication is adopted by enterprises pursuing improved communication in organizations.
整合通訊為尋求組織溝通進步的企業所採用。

Q What is SI?

什麼是系統整合？

A1 SI is the abbreviation for Systems Integration.

SI 是系統整合的簡稱。

A2 Systems Integration provides an efficient exchange of data and information across the systems.

系統整合提供系統間資訊及數據有效的交換。

A3 The process of joining different subsystems as one system to facilitate all functions of subsystems is called system integration.

系統整合就是結合不同次系統成為一個大型系統，並能夠善用所有次系統的功能。

Part

1

維修測試

Part

2

系統整合

Part

3

售後服務

關鍵字彙 Track 44

▶▶ **uni- 字首：單一、獨一無二的意思**

· **unify** *v.* 使統一

uni-（字首：單一）+fy（字尾：形成，使…化）=使統一

If the party unifies, the bill might become law.

如果這個黨能夠團結統一的話，這項法案可能可以通過變成法律。

· **uniform** *n.* 制服 *adj.* 相同的；一致的

uni-（字首：單一）+form（*n.* 形式）=統一形式=相同一致的

He was still wearing his school uniform.

他還穿著他學校的制服。

· **universe** *n.* 宇宙，全世界；全人類

uni-（字首：單一）+verse=宇宙，全世界

The children are the center of her universe.

她的小孩就是她的全世界。

· **unilateral** *adj.* 一方，單邊，單方面的

uni-（字首：單一）+lateral（*adj.* 側邊的）=單側，單方面的

Such unilateral action violates international trade rules.

如此偏袒一方的動作違反了國際貿易的原則。

▶ inter- 字首：在…之間、…之際、相互

- **interconnect** *v.* 相互連接

  inter-（字首：相互）+connect（*v.* 連接）=相互連接

  The buildings are interconnected with each other.

  這幾棟大樓相互連接在一起。

- **interaction** *n.* 互相作用

  inter-（字首：相互）+action（*n.* 動作，作用）=互相作用

  Gravity is one of the four interactions in Newton's theory.

  地心引力是牛頓定律中四種相互作用力中的一種。

- **interpersonal** *adj.* 人與人之間的

  inter-（字首：在…之間）+personal（*adj.* 個人的）=人與人之間的

  Strong interpersonal skills are required for this job.

  良好的人際關係技巧是這項工作必備的條件。

- **international** *adj.* 國際的

  inter-（字首：在…之間）+national（*adj.* 國家的）=國際的

  All of his international mail communication has been blocked.

  他所有的國際信件通訊都被擋住了。

Part 1 維修測試

Part 2 系統整合

Part 3 售後服務

UNIT 7 大數據創造系統整合需求

 情境介紹

　　今天的會議主題，是討論擬定新的一年關於一項大數據（big data）專案的開發策略。本年度的研發（RD, Research and Development）重心，除了掌握龐大的數據信息之外，還要能對具意義的數據進行專業化處理。近幾年來，大數據概念迅速的發展，此概念起源於過大的信息量需要被處理，已超出了一般電腦的數據處理能力，因此處理數據的工具需要被升級，更佳的處理技術需要被開發，這也是近幾年來公司專注於經營開發的項目之一。

知識資訊站

　　前幾個單元裡討論了許多關於系統整合在實際職場裡的應用，其中資訊系統的整合，一直是基礎營運上的（operational）重點整合。簡單的說，資訊（information）來自於數據（data），將龐大且零散的數據做有效的收集及處理分析後，就能夠獲得有效的資訊，這樣的資訊能夠幫助我們檢討現有的業務狀況，也可以協助我們擬定營運的策略或是做經營上重要的決定。而處理大數據的需求，在近年也因為數據大量快速的成長而增加。數據的演進之快，已超乎想像，回顧到 20 年前的 3.5 吋磁片，容量僅有 1.44 MB，現在隨處可見的隨身碟，已以 GB 為單位計算，更不用說現在提到 petabyte 規模的大數據（1 petabyte, PB=1,000 terabytes, TB；1 TB=1,000 gigabyte, GB；1 GB=1,000 megabyte, MB）。

Part
1
維修測試

Part
2
系統整合

Part
3
售後服務

一問三答 Track 45

Q I kept hearing the term big data during the meeting. What is big data exactly?

剛剛會議中一直聽到大數據，到底什麼是大數據？

A1 Big data is a term that describes the large volume of data that overwhelms a business on a daily basis.

大數據是一個科技用語用以形容每日在企業營運中大量湧入的數據。

A2 Are you kidding me? Big data has been discussed more than once.

你在開玩笑嗎？大數據這話題已經被討論過不止一次了。

A3 Big data is a term used extremely large data sets that requires advanced data applications to process adequately.

大數據是指一整套容量極大的數據，需要先進的數據應用程式來做適當的處理。

Q What are the key questions to ask when performing data integration within an organization?

執行數據資料系統整合時應該詢問的關鍵問題有哪些？

A1 What systems are used?

目前使用的系統有哪些？

A2 Where does the data come from and who collects it?

數據資料是從哪裡來的？是由誰蒐集的？

A3 What is the structure, format, and size of the data?

數據資料的架構、格式、大小為何？

Part **1** 維修測試

Part **2** 系統整合

Part **3** 售後服務

關鍵字彙 Track 46

▶▶ over- 字首：過度、太甚

• **overwhelm** *v.* 征服，壓倒；覆蓋

over-（字首：過度、太甚）+whelm（*v.* 壓倒，覆蓋）=大量的衝擊覆蓋

He has been overwhelmed by the massive workload.
他之前快被龐大的工作量壓倒了。

• **overload** *v.* 使…超載；使…負擔過重 *n.* 超載；負擔過重

over-（字首：過度、太甚）+load（*v.* 裝載）=超載

Work overload is one of the reasons why he is not coming to dinner on Saturday.
工作超載是他星期六無法加入晚餐的其中一個原因。

• **overproduction** *n.* 生產過剩

over-（字首：過度、太甚）+production（*n.* 生產）=生產過剩

Overproduction of wheat could be a crisis devastating agriculture.
小麥的生產過剩可能會成為破壞農業的危機。

• **overuse** *v.* 過度使用

over-（字首：過度、太甚）+use（*v.* 使用）=過度使用

Overuse of the knees in exercising could cause knee injury.
運動時過度使用膝蓋可能會導致膝蓋受傷。

▶▶ per- 字首：貫穿，加強

- **perform** *v.* 執行；表現

  per-（字首：貫穿，加強）+form（*v.* 形成）=執行；表現

  He is going to perform piano pieces in public.

  他將公開進行鋼琴演出。

- **permanent** *adj.* 永久的，永恆的；永遠的

  per-（字首：貫穿）+man（人）+ent（形容詞字尾，在⋯狀態）

  =永久的，永恆的；永遠的

  He was thrilled when receiving his permanent resident card.

  他收到永久居留卡的時候非常興奮。

- **perspective** *n.* 觀點；展望，前途；透視

  per-（字首：貫穿）+spec-（字根：看）+tive（形容詞字尾）=
  透視

  Different judgments could be made based on different per-
  spectives.

  不同的定論取決於不同的觀點。

- **persuade** *v.* 說服

  per-（字首：加強）+suade（suasion *n.* 說服；動詞化 suade）
  =說服

  He tried to persuade the CIO to invest more is systems inte-
  gration.

  他試圖說服首席資訊長投入更多資源在系統整合上。

Part 1 維修測試

Part 2 系統整合

Part 3 售後服務

UNIT 8 什麼是雲端

 情境介紹

　　近年來另一項與大數據（big data）相關且十分熱門的話題是雲端（cloud）。什麼是雲端？雲端可指雲端計算（cloud computing）、雲端儲存（cloud storage），簡單的說，雲端就是在網際網路中的位置，使用者可以在這些位置存取各種資訊，包括文件、相片、音樂與影片，雲端儲存的普及相信大家一點也不陌生，如目前在日常生活中廣泛被運用的 Apple 的 iCloud 及 Google 的 Google Clouds，企業近幾年來也漸漸接受雲端儲存的應用。

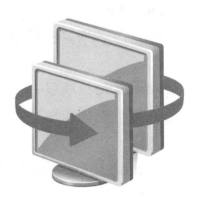

知識資訊站

　　雲端儲存服務的迅速發展，來自於 IT 產業不斷且快速地革新，數據儲存的需求及轉變愈來愈大。數據以各式各樣的形式存在於我們的生活中，不論是結構化的（structured）數據如文字、數字，或是非結構化的（unstructured）數據如影片、相片、音樂等，都可能包含著大量的訊息在其中，也正因如此，隨著數位化技術不斷演進，數據的應用不僅是對 IT 產業影響越來越大，對各個企業來說，數據就是一項重要的核心價值。過去幾年，與數據相關的技術與應用迅速地發展，如網路搜尋引擎的開發、大數據分析、高速數據傳輸、全快閃儲存陣列等。

Part 1 維修測試

Part 2 系統整合

Part 3 售後服務

一問三答 Track 47

Q How do we succeed in data integration?
如何成功的進行數據整合？

A1 Make sure to engage database users in each phase of data integration, including design and development.
在每個數據整合階段，包括設計及開發，確保數據使用者的參與。

A2 Choose a data environment that can best support data transforming or adding new data sets.
選擇一個最能夠支援數據轉換或增加新數據的數據環境。

A3 Select hardware and software wisely to meet the objectives of data users and the database management system.
聰明的選擇能夠符合數據使用者及數據管理系統目標的軟體及硬體。

Q Why is it important to ensure data consistency across the systems?

為什麼確保跨系統間數據的一致性很重要？

A1 If data is inconsistent, sales people will have inaccurate product information.

如果數據不一致，業務人員將會得到不正確的產品資訊。

A2 Your team will access outdated data in Excel spreadsheets if data is inconsistent or outdated.

如果數據不一致或不即時，你的團隊將會用到 Excel 工作頁中未更新的數據資料。

A3 Inaccurate product information, such as the wrong price or product features could cause customer misunderstandings.

不正確的產品資訊，如錯誤的價格或產品特性，可能會造成客戶的誤解。

Part
1
維修測試

Part
2
系統整合

Part
3
售後服務

關鍵字彙　 Track 48

▶ **as- 字首：往…的方向**

- **assure** *v.* 使確信，擔保

  as-（字首：往…的方向）+sure（*adj.* 確信的，有把握的）=往確信的方向=使確信

  We assure you of our support.

  我們向你保證我們的售後服務。

- **associate** *n.* 夥伴；同事；朋友；合夥人

  as-（字首：往…的方向）+sociate（social *adj.* 社會的，交際的；

  ate 名詞字尾，…人）=往…方向一起做事的人=共事者

  He is one of my associates at work.

  他是我工作上的一位朋友。

- **assort** *v.* 分類

  as-（字首：往…的方向）+sort（*v.* 分類，區分）=分類

  Please help to assort the document.

  請幫忙把這些文件分類。

- **assign** *v.* 分派

  as-（字首：往…的方向）+sign（*v.* 簽署）=分派

  I was assigned to the system integration project.

  我被分派到這個系統整合的專案。

▶▶ in- 字首：不、無、非

- **inconsistent** *adj.* 不一致的

 in-（字首：不、無、非）+consistent（*adj.* 一致的）=不一致的

 The vice president is inconsistent in the company's security policy.

 副總裁對於公司的資安政策反覆無常。

- **inaccurate** *adj.* 不正確的

 in-（字首：不、無、非）+accurate（*adj.* 正確的）=不正確的

 The information he provided is inaccurate.

 他提供的資訊不正確。

- **incapable** *adj.* 無能力的

 in-（字首：不、無、非）+capable（*adj.* 有能力的）=無能力的

 The project manager is incapable of handling the project delay and cost overrun.

 這個專案經理無法應付專案的進度落後及超支。

- **incomparable** *adj.* 無以倫比的

 in-（字首：不、無、非）+comparable（*adj.* 比較的）=無可比較的

 The beauty of Santorini is incomparable.

 聖多里尼的美是無可比較的。

UNIT 9 雲端儲存整合

 ## 情境介紹

　　今天參加了 IDC（International Data Corporation 國際數據資訊公司）舉辦的一場研討會，收穫十分豐富。根據 IDC 的分析，雲端儲存的強大需求增加將帶動未來公有雲端（Public Cloud）服務的發展，同時，雲端儲存市場的迅速增長，也會帶動雲端儲存創業公司的快速發展。雲端儲存已成為數據儲存新挑戰之一，如何整合雲端系統及發揮雲端儲存服務的優勢和價值，將是未來公司可以努力及開發的一塊潛力市場。

知識資訊站

　　延續前一篇雲端話題，這個單元要來談一下雲端儲存整合式系統。雲端儲存整合式系統運用了雲端運算技術，內建智慧雲端引擎以作為雲端儲存的暫存區，使用者可將常使用的資料存放在本地端（local），而不常使用的資料則移至雲端儲存，如此能有效利用雲端儲存的彈性、便利性及高擴展性等優勢。透過這項系統整合，企業能降低自設資料中心或安裝實體儲存裝置的空間及費用，並減少 IT 管理的成本。

Part
1
維修測試

Part
2
系統整合

Part
3
售後服務

 一問三答　Track 49

Q What are the demands for big data storage?

大數據趨勢下的資料儲存架構需求？

A1 Cost-effective data storage structures are important when developing big data storage.

符合成本效益的儲存架構對大數據資料儲存是很重要的。

A2 High capacity and processing performance are requirements of big data storage.

高容量及處理效能是大數據儲存必要條件。

A3 In addition to traditional data warehousing operations, big data storage demands unstructured data processing capacity.

除了傳統的數據資料庫，大數據儲存需要處理非結構化資料能力。

Q ▸ What are the advantages to cloud storage?
雲端儲存有哪些好處？

A1 ▸ Cloud storage is flexible and easy to retrieve data anywhere in the world from any computer.
雲端儲存具有彈性，且能容易的在世界各地經由任何電腦取得資料。

A2 ▸ Annual operating costs could be reduced if cloud storage is used by businesses and organizations.
企業和組織能透過雲端儲存降低每年的營運開銷。

A3 ▸ Cloud storage can serve as a backup plan by providing copies of important files.
雲端儲存可以用來當作備份計劃，提供重要檔案的備份。

Part
1
維修測試

Part
2
系統整合

Part
3
售後服務

關鍵字彙 Track 50

▶▶ un- 字首：非、相反動作、不

· **unstructured** *adj.* 非結構的

un-（字首：非）+structured（*adj.* 結構的）=非結構的

Data volumes are growing fast, especially unstructured data.

數據成長的量非常快速，特別是非結構的數據。

· **unpack** *v.* 打開包裝、行李

un-（字首：相反動作）+pack（*v.* 包裝、打包行李）=打開包裝

The first thing I do after arriving at a hotel is to unpack.

我到飯店的第一件事就是打開行李。

· **unlock** *v.* 開鎖

un-（字首：相反動作）+lock（*v.* 上鎖）=開鎖

She unlocked the door with the universal key.

她用萬用鎖打開了這道門。

· **undo** *v.* 復原

un-（字首：相反動作）+do（*v.* 做）=復原

I can't undo my belt.

我解不開我的皮帶。

▶▶ flect-, flex- 字根：彎曲

- **flexible** *adj.* 彈性的

  flex-（字根：彎曲）+i+(a)ble（形容詞字尾：…的）=具彎曲能力=衍生為彈性的意思

  The job offers flexible working hours.

  這項工作的工作時間很彈性。

- **deflect** *v.* 使偏斜；使轉向

  de-（字首：使…）+flect-（字根：彎曲）=使偏斜；使轉向

  The driver was trying to deflect the blame for the accident.

  這個駕駛試圖避開被這個事件所歸咎。

- **reflect** *v.* 反映；反射

  re-（字首：反覆）+flect-（字根：彎曲）=反映

  The lake reflected the surrounding mountains.

  這個湖反映出了周圍的群山。

- **flexibility** *n.* 彈性

  flex-（字根：彎曲）+i+(a)bility（名詞字尾：…的能力）=彈性

  Doing yoga can increase your flexibility.

  做瑜伽可以增加你的柔軟度。

Part
1
維修測試

Part
2
系統整合

Part
3
售後服務

UNIT 10 需要系統整合的產業

 情境介紹

　　目前台灣許多系統整合廠商，在商機無限的資訊系統整合服務市場，充斥了許多機會，同時也有許多挑戰。怎麼樣才算是一個好的資訊整合呢？關鍵就是在流程及工作程序的建立。這些都是根據系統分析後才能得到的結果。系統分析也是在各種系統整合中，占很大的一部份。要把系統分析這項工作做好，需要兼顧到開發、支援及基礎設施的設計。這項工作沒有所謂的認證或任何課程訓練，因為每一項系統整合都是獨特的，有個別的狀況及需求，因此經驗決定一切。成功的系統整合一定有一個整合的策略，在這個階段，會將所有涉及到數據、安全問題、訊息、網路等各面向都考慮進去，如果這些面向不是一開始就主動的納入規劃的話，爾後的整合可能就會淪為點到點的整合，而非全面性的整合，這樣的整合很可能會有潛在的問題存在。

知識資訊站

　　成功的整合新科技，是在迅速變動的全球經濟中，保持成功的必要條件，科技系統的整合能夠讓業務的發展不斷提升，直到更有效率、更可靠、及更大的規模，舉例來説，升級版的物流系統，可以讓全球的供貨鏈更加流暢。同樣的，現代化的交通運輸系統若能透過系統整合，將能克服傳統距離的限制及利用最新的能源科技來減少傳統燃料的使用。這些經驗上的轉變，都需要非常謹慎地整合科技（technology）至商業流程（process）中。企業在認知到科技系統整合的重要性後，才會願意投入大量的經費來執行這些整合，儘管如此，在整合的過程中還是會面臨許多未預期發生的路障。

Part
1
維修測試

Part
2
系統整合

Part
3
售後服務

 一問三答 ● Track 51

Q What makes you think we need system integration at this point?
為什麼你們認為我們現在需要系統整合呢？

A1 A lack of system integration is causing disjointed processes and consequently leading to declined productivity.
缺乏系統整合造成了流程不連接，進而導致了生產力的下降。

A2 We now have an un-integrated software system that is compromising real-time visibility of information.
我們現在未整合的軟體系統正影響著資訊即時的能見性。

A3 Our customers are not satisfied with inaccurate information and slow status updates. All these issues are caused by a lack of system integration.
我們的客戶對於不正確的資訊及緩慢的進度報告感到不滿。這些問題的產生都是因為缺乏系統整合。

Q How do we make our systems integration project successful?

要如何成功完成我們的系統整合案呢？

A1 I think we should begin with evaluating the requirements for integration.

我想我們應該以評估整合需求作為系統整合專案的開始。

A2 Establish the scope of integration that is needed.

擬定建立整合所需的範疇。

A3 We need to find the simplest and most direct approach to meet our goals for integration.

我們必須找到最簡單及直接的方法來達到我們整合的目標。

Part 1 維修測試

Part 2 系統整合

Part 3 售後服務

關鍵字彙 Track 52

▶▶ vid-, vis- 字根：與視力、看見相關

- **visibility** *n.* 能見度

  vis-（字根：與視力、看見相關）+ibility（⋯的能力）=能見度

  He pulled over due to poor visibility.

  他停下車來因為能見度太差。

- **vision** *n.* 視力，視野

  vis-（字根：與視力、看見相關）+ion（名詞結尾）=視力

  He is a good leader with vision.

  他是一個擁有遠見的好的領導者。

- **visual** *adj.* 視覺上的

  vis-（字根：與視力、看見相關）+ual=視覺上的

  It is an exhibition of the visual arts.

  這是一個視覺藝術的展覽。

- **invisible** *adj.* 看不見的，隱形的

  in-（字首：否定）+ vis-（字根：與視力、看見相關）+(i)ble
  （字尾：具⋯能力的）=看不到的

  Bacteria are invisible to the naked eye.

  細菌是肉眼看不見的。

▶▶ e- 字首：加強或引申意義

- **evaluate** *v.* 評估

  e-（字首：加強）+valu(e)（*n.* 價值）+ate（動詞化）=評估

  The performance of each employee is evaluated once a year.

  每個員工一年會做一次年度評鑑。

- **elaborate** *v.* 詳盡闡述，發揮

  e-（字首：加強）+labor（*n.* 勞力）+ate（動詞化）=精心說明，詳盡闡述

  Can you elaborate on your point of view?

  可以請你更詳細地說說你的觀點嗎？

- **elongate** *v.* 拉長；延伸

  e-（字首：加強）+long（*adj.* 長的）+ate（動詞化）=拉長延伸

  The legs in the photo must be elongated.

  這個照片裡的腳一定被拉長了。

- **estrange** *v.* 使疏遠

  e-（字首：加強）+strange（*adj.* 奇怪的）=使疏遠

  The argument estranged him from his colleagues.

  這場爭論讓他和他的同事漸漸疏遠。

UNIT 11 商業智能 vs.大數據的起源

 情境介紹

哪些產業需要系統整合？

其實各個行業都有各式各樣的系統整合需求，如醫療、金融和製造等產業，都需要提高系統更高的附加價值，因此對於系統整合的需求都大大的提升。而因為不同行業的專業知識和資訊系統及資料規格不盡相同，系統整合的專業就是在於了解不同產業的專業知識及慣用的資訊，才能將不同廠牌的軟硬體整合以發揮最大的功效。

知識資訊站

系統整合服務是一項知識整合的產業服務。

伴隨企業組織結構增大，企業對於整體解決方案的需求也會增加，加上外界環境的競爭及挑戰也逐漸增加，全面性系統整合的需求也隨之增長。系統整合是一項涵蓋高技術質量的服務領域，不是只單純採購幾項不同的硬體組裝在一起而已，系統整合是需要事先完善的全盤規劃，先有基礎的架構後，才能在架構上建制更多功能。

Part
1
維修測試

Part
2
系統整合

Part
3
售後服務

一問三答 Track 53

Q When does a business need system integration?

企業什麼時候需要系統整合？

A1 When the cost is increasing due to an increased support requirements, it could be time to implement system integration for an inefficient system.

當維護系統所需的成本提高時，可能就是需要系統整合不具效率的系統時候。

A2 System integration is inevitable if the safety of a company's data and business is at risk.

當公司的資料及業務安全產生危機時，系統整合是不可避免的。

A3 A business is in need of system integration if it continuously faces challenges and lost revenue due to system down time.

當企業因系統停用而不斷面臨挑戰及損失時，就是企業急需系統整合的時候。

Q What are some examples of system integration service?

系統整合服務有哪些例子呢？

A1 Process integration integrates processes in a business environment.

流程整合就是在營運的環境下整合營運流程。

A2 Data integration allows data input from disparate sources and outputs meaningful and valuable information.

數據整合能自不同來源取得數據，並輸出為具有意義和價值的資訊。

A3 Service integration enables an organization to manage the service providers in an efficient way.

服務整合讓企業能以一種有效率的方式管理提供服務的廠商。

關鍵字彙 Track 54

▶▶ in- 字首：不、無、非

- **inefficient** *adj.* 沒有效率的

  in-（字首：無）+efficient（*adj.* 有效率的）=沒有效率的

  The system was inefficient and slow.

  這個系統之前很沒效率且慢。

- **inevitable** *adj.* 無可避免的

  in-（字首：無）+evitable（*adj.* 避免的）=無可避免的

  The rising house prices now seem almost inevitable.

  目前看來房價的上漲是不可避免的。

- **insufficient** *adj.* 不充足的

  in-（字首：不）+sufficient（*adj.* 充足的）=不充足的

  There are insufficient funds in your account.

  你的帳戶中金額不足。

- **incomplete** *adj.* 不完全的

  in-（字首：不）+complete（*adj.* 完全的）=不完全的

  The information you provided is incomplete.

  你提供的資訊不完整。

▶▶ dis- 字首：分開、離、散

- **disparate** *adj.* 不同的；異類的

  dis-（字首：分開、離）+par（*n.* 同類）+ate（形容詞字尾，具…性質的）=不同類的

  In the movie, they came from disparate planets.

  電影中他們來自不同的星球。

- **disposal** *n.* 處置

  dis-（字首：分開、離）+pos-（字根：放）+al（名詞字尾）=分配處置的意思

  We will prepare a car for you to use at your disposal.

  我們會準備一輛車供你使用。

- **dispute** *v.* 爭論；爭執

  dis-（字首：分開、離）+pute=不同理念而爭執

  We are in dispute over the terms and conditions of his employment.

  我們正在爭執關於僱用他的條款及狀況。

- **distract** *v.* 分心；分散注意力

  dis-（字首：分開、離）+tract=分散注意力

  She was distracted by the sound of thunder.

  她因為打雷的聲音分心了。

UNIT 12 系統整合的挑戰

 情境介紹

　　談到系統整合，很容易能聯想到「大數據」，因為大數據創造了許多系統整合的需求。從 2009 年開始，隨著大數據及雲端計算的發展，Hadoop 漸漸成為大數據分析的最佳解決方案，也受到越來越多 IT 廠商的關注，到現在 Hadoop 已有成熟的商業版本及許多配合支援 Hadoop 的軟體及硬體產品。有鑒於此，這篇將延伸前面幾個關於大數據的單元，提到關於大數據你不可不知的科技關鍵詞彙——Hadoop 及 MapReduce。

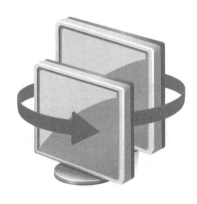

知識資訊站

　　MapReduce 及 Hadoop 這兩項技術源自於搜尋引擎開發的角力戰。2004 年 Google 正式發表了 MapReduce 的論文，且是同時期擁有最強大搜尋引擎技術的公司，同年 Google 也在美國 NASDAQ 上市掛牌，造成相當大的轟動。Hadoop 則是 Yahoo 投入開發，用以角逐競爭激烈市場的計畫之一，Hadoop 實現運用了 MapReduce 運算方法及模式，開發出更強大的分散運算能力，遂成為各大企業競相採用的雲端運算技術，如 Facebook、Linkedin、Amazon，到 EMC、eBay、Twitter、IBM、Microsoft、Apple、HP 等。

一問三答 Track 55

Q We've been talking about the pros of big data, I'm sure there are cons for big data, too. What could be the risks associated with Big Data technologies?

我們一直在討論大數據的優勢，我想大數據一定也有劣勢吧，有哪些風險是與大數據科技相關的呢？

A1 Well, any technology that is new and not fully understood will have a blind side.

嗯，任何新的且未被完全了解的科技都會有他的盲點所在。

A2 Let me put in this way, there will be security and confidentiality issues that come along with that large volume of data.

這麼說好了，伴隨那麼大量的數據，一定會有安全及保密相關的議題產生。

A3 Data management will be even more challenging given the remarkable scale of volume, velocity, and variety. The more challenges we have, the more costs are expected.

數據的管理將會變得更具挑戰，因為大數據在數量、速度及種類上的規模相當可觀。挑戰越多，相對預期的開銷就越大。

Q You guys mentioned Hadoop so often. Can you explain why Hadoop is so popular?

你們一直提到 Hadoop，為什麼 Hadoop 那麼受歡迎呢？

A1 Hadoop can handle structured as well as unstructured data from different sources.

Hadoop 可用來處理來自不同來源的結構化及非結構化的數據。

A2 Large and varied data sets can be analyzed by using Hadoop.

可以利用 Hadoop 來分析大量且多樣的數據。

A3 Hadoop is powerful when used for analytics on online user behavior data.

利用 Hadoop 來分析網路使用者行為是 Hadoop 很強大的一個功能。

關鍵字彙 Track 56

▶▶ -logy, -ology 字尾：一種學問

- **technology** *n.* 科技
techno-（*n.* 技術）+-logy（字尾：一種學問）=科技
We all benefit from technology.
我們都享受到科技帶來的好處。

- **biology** *n.* 生物學
bio-（*n.* 生物）+-logy（字尾：一種學問）=生物學
His major is biology.
他的主修是生物學。

- **methodology** *n.* 方法學
method-（*n.* 方法）+-ology（字尾：一種學問）=方法學
Methodology is important when it comes to research.
方法學在做研究中是很重要的。

- **sociology** *n.* 社會學
socio-（*adj.* 社會的）+-ology（字尾：一種學問）=社會學
Sociology is one of the most popular subjects at this university.
社會學是這所大學裡最熱門的課程之一。

▶▶ -ful 字尾：充滿…的意思

- **useful** *adj.* 有用的

  use（*n.* 使用）+-ful（字尾：充滿…的意思）=有用的

  I was useful to them because I can speak Mandarin.

  我對他們來說是有用的，因為我會說中文。

- **painful** *adj.* 痛苦的

  pain（*n.* 痛苦）+-ful（字尾：充滿…的意思）=痛苦的

  It is painful to perform a data center migration.

  遷徙數據中心是很痛苦的。

- **handful** *adj.* 一把的

  hand（*n.* 一手）+-ful（字尾：充滿…的意思）=一把的

  She grabs a handful of sand on the beach.

  她在沙灘上抓了一把沙。

  ➤ handful 的延伸意義：難以一手掌控的人或事

    You know she can be handful sometime.

    你知道她有時是很難以控制的。

- **helpful** *adj.* 有幫助的

  help（*n.* 幫助）+-ful（字尾：充滿…的意思）=有幫助的

  It's helpful to have a calculator for this exam.

  計算機對這個考試是非常有幫助的。

UNIT 13 雲端運算

 情境介紹

　　延續前面幾個系統整合單元，本篇要來淺談數據與雲端運算之間的關係。數據演進的歷史可追溯到古人結繩記事、文字的發明，一直到今日龐大資料庫及數據中心的產生。在這個科技日新月異的時代，數據已不再是單純的記錄，而是一種可以透過分析而產生效益的工具，並且，數據的革命正改變著傳統的商業模式。雲端的興起，讓數據被開發運用的機會變大了，也產生了相對應的更多的系統整合需求，但雲端相關的整合需要更多方面考量及配合，例如大量網絡伺服器需求、資料儲存、資料安全加密等等，所涉及的內容更複雜了，相對的也需較長的時間進行全面性的部署。

知識資訊站

　　雲端運算（Cloud Computing）是什麼？根據 NIST（National Institute of Standards and Technology／美國國家標準技術研究院）的定義，雲端運算是一種模式，讓使用者可便利且隨時隨處透過網路存取共享空間中可配置的運算資源（如網路、伺服器、儲存、應用軟體及服務），這些資源能夠快速地被提供，且僅需投入極少的管理工作或和服務供應者的互動。這樣的解釋太艱深了嗎？以一種簡單的方式來解釋，一般的運算，是由自己眼前的單一電腦所執行，想像透過網路連線到許多遠端的電腦，這些電腦同步進行運算，幫助你處理目前執行的工作項目，可以想像能多麼加速完成你的工作嗎？這樣的即時的運算網路平台，就是雲端運算。

Part 1 維修測試

Part 2 系統整合

Part 3 售後服務

 一問三答 　Track 57

Q What you need to know about cloud computing?
關於雲端運算你該了解什麼？

A1 There are three service models of cloud computing—SaaS (Software as a Service), PaaS (Platform as a Service), and IaaS (Infrastructure as a Service).
雲端運算有三種服務模式——軟體即服務、平台即服務及基礎架構即服務。

A2 There are four models of cloud computing—private cloud, public cloud, community cloud, and hybrid cloud.
雲端運算有四種部署模式——私有雲、公有雲、社群雲、混合雲。

A3 Cloud computing is provided as a service through the Internet. It can run your workload in the cloud to add value and productivity to a business.
雲端運算透過網際網路提供服務。它可以在雲端進行工作且為企業加值及提高生產力。

Q Hybrid cloud seems to be the technology trend in 2016. What do you know about the hybrid cloud?
混合雲看起來是 2016 年的趨勢。關於混合雲該了解什麼呢？

A1 Hybrid cloud is a cloud deployment model.
混合雲是一種雲端部署的模式。

A2 The hybrid cloud uses mixed private and public cloud services as a hybrid environment.
混合雲利用混合公有及私有雲端服務為一個運算環境。

A3 The hybrid cloud can support businesses with more flexibility by taking advantage of both the private and public clouds.
混合雲能更彈性的支援業務，因其同時採取了私有雲及公有雲的優勢。

Part 1 維修測試

Part 2 系統整合

Part 3 售後服務

關鍵字彙 Track 58

▶▶ ap- 字首：加強或引申意義

- **application** *n.* 應用

  ap-（字首：加強或引申意義）+plic-（折疊，彎）+-ation（名詞字尾）=應用

  The buzzword App is derived from application.

  App 這個熱門的單詞是由「應用」這個單字衍生出來的。

- **appoint** *v.* 指派

  ap-（字首：加強或引申意義）+point（*v.* 指出 *n.* 重點）=指派

  She was the first woman to be appointed to the board.

  她是第一個被指派到董事會的女性。

- **appraise** *v.* 評價，評估

  ap-（字首：加強或引申意義）+praise（*v.* 讚揚）=評價，評估

  Staff members will be appraised once a year.

  員工一年會被評估一次。

- **appeal** *v.* 呼籲，懇求，申訴

  ap-（字首：加強或引申意義）+peal（*v.* 使鳴響；大聲發出）=申訴

  We need to appeal for this case in order to launch the product.

  為了這項產品的上市，我們必須要上訴這個案子。

▶ **corp-** 字根：身體；**cor-** 字首：聯合，共同

· **corporate** *adj.* 公司的；組織的

corp-（corporal *adj.* 身體的）+ate（動詞字尾）=公司的；組織的

Our corporate headquarters are in California.

我們公司的總部在加州。

· **correlation** *n.* 相互關係

cor-（字首：聯合，共同）+relation（*n.* 關係）=相互關係

The evidence indicates a strong correlation between drinking and violence.

證據顯示飲酒和暴力之間有強烈相互關係。

· **correspond** *v.* 符合，一致；通信

cor-（字首：聯合，共同）+respond（*v.* 回覆）=一致；通信

The statistics do not correspond with our expectation.

統計的結果與我們的期待不一致。

· **correct** *v.* 更正；糾正

cor-（字首：聯合，共同）+rect-（字根：正的，直的）=更正；糾正

The best way to train dogs is to correct them on the spot.

訓練狗的最好方式就是當場糾正他們。

Part 1 維修測試

Part 2 系統整合

Part 3 售後服務

UNIT 14 大數據的力量

 ## 情境介紹

　　大數據的力量正快速地滲透到我們的工作及日常生活中。或許有點難想像，為何數據變得龐大之後，能夠直接或間接地增加各個行業的商機？但不可否認的現實是，能夠掌握並利用數據爆發契機，就能開創更多商機。在這裡將介紹一些關於大數據的基本資訊及相關的重點議題，因為大數據絕對是討論系統整合時必須了解的一個重點，爾後會延伸大數據的討論到雲端科技，這些看似分散但卻又密不可分的話題，在這裡將提供一個新的角度來觀察。

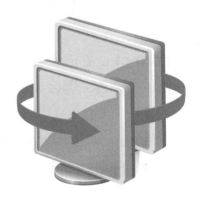

知識資訊站

　　這是一個大數據的時代，數據目前正以倍數甚至是對數的速度增長。如此數據的爆發也創造了許多商機，因為對企業來說，數據就是一種核心資產，因此數據的儲存十分重要。雲端儲存的逐漸普及化及便利強大優勢，成為企業數據儲存的重要選項之一。除了儲存空間開發外，進一步分析使用大數據以提供企業進行策略擬定或是經營上重大決策決定的輔助，是許多科技研發組織的努力方向。企業如果能擁有從大數據中即時獲得情報的能力，將會具備優越的競爭優勢。

Part
1
維修測試

Part
2
系統整合

Part
3
售後服務

 一問三答 ◎ Track 59

Q How does big data transform my business?
大數據能讓我的生意如何轉變呢？

A1 First of all, big data can improve operational efficiencies.
首先，大數據能改善營運的效率。

A2 Big data can transform your business by expanding customer intelligence.
大數據能透過擴展客戶情報來轉變你的生意。

A3 Big data combined with mobile technology can create new business processes.
大數據結合行動科技可帶來新的商業程序。

Q What do I need to know about big data?

關於大數據你不可不知道的是什麼？

A1 You need to know what 3-V is. 3-V is used to describe big data as high volume, velocity and variety information assets which are defined by Gartner.

提到大數據，你必須知道 3V。3V 用來形容大數據為高容量、快速存儲及高多樣化的資訊資產，這是顧能諮詢公司所定義的。

A2 Big data is not just data and information. It also includes the innovative technology used for analyzing and processing massive data and information.

大數據不只是指資料，也指這些用來分析、處理巨量資料的新興科技。

A3 Big data can provide actionable insights and thus should be seen as an opportunity to bring in new business.

大數據能夠提供具行動力的情資，因此應被視為一個帶來新業務的機會。

關鍵字彙 Track 60

▶▶ ex- 字首：超出

- **expand** *v.* 擴大

  ex-（字首：超出）+pand-（字根：伸展）=擴大

  The company has expanded into China.

  這間公司拓展到中國。

- **expose** *v.* 揭露；暴露

  ex-（字首：超出）+pose（*v.* 擺姿勢 *n.* 姿勢）=揭露；暴露

  Many local residents had been exposed to radiation.

  許多當地的居民曾遭受輻射暴露。

- **exclude** *v.* 排除

  ex-（字首：超出）+clude=排除

  The possibility of a security breach cannot be excluded at this point.

  目前不能排除這是一個資訊安全事件的可能性。

- **export** *v.* 出口

  ex-（字首：超出）+port（*n.* 港口）=出口

  They are now manufacturing more goods for export.

  他們現在正在製造更多的貨品以出口。

▶▶ -able 字尾：具備⋯能力的

- **actionable** *adj.* 具行動力的

  action（*n.* 行動）+-able（字尾：具備⋯能力的）=具行動力的

  Actionable analytics is an IT buzzword that is related to business intelligence.

  採取行動分析是一個科技熱門詞彙，它與商業智能相關。

  ➢ **Actionable Analytics** （採取行動分析）：指對業務所採取的每一個動作進行分析和模擬，並可就此分析結果採取行動。

- **fashionable** *adj.* 流行的

  fashion（*n.* 流行）+-able（字尾：具備⋯能力的）=流行的

  It is a fashionable French restaurant.

  這是一間流行的法式餐廳。

- **acceptable** *adj.* 可接受的

  accept（*v.* 接受）+-able（字尾：具備⋯能力的）=可接受的

  A failure rate of 20% is acceptable.

  百分之二十的失敗率是可以接受的。

- **adaptable** *adj.* 可適應的

  adapt（*v.* 適應）+-able（形容詞字尾：具備⋯能力的）=可適應的

  We need adaptable team players who are willing to learn new skills.

  我們需要具適應能力的團隊，要願意學習新的技能。

Part 1 維修測試

Part 2 系統整合

Part 3 售後服務

UNIT 15 大數據的挑戰

 情境介紹

　　近年來大數據是一個相當熱門的話題，但我們在討論大數據時，真正在討論什麼？真正應該被討論的是什麼？從資料安全的角度，有兩個相當重要的議題應該被拿出來討論：一，保護公司組織及客戶在大數據內容中的資料；二，利用大數據技術來分析，甚至更進一步預測可能發生的資安事件。

　　許多企業已將大數據利用在市場行銷調查及研究上，但卻不一定有最基本的權利使用這些數據，尤其是從資料安全的角度，如同所有的新科技，資料安全的考量永遠在之後才被大家注意到，而大數據可能違反的資安問題將會更大，可想而知，因為它涉及的資訊含量更廣更大。

知識資訊站

越來越多的公司開始運用科技來儲存及分析 petabytes（一千兆 byte = 1,000 TB）規模的數據，包括了網路瀏覽記錄、點擊記錄和社交媒體內容來獲取更多開拓客戶及商機的情報。由此可知，資訊的分類變得更為重要，而資訊的來源及所有都應該被加註，才能成為合理的分類。然而大多數的機構已經開始為實現這樣的概念而苦惱，正因如此這項概念成為一個困難的挑戰，因為我們除了要辨識大數據輸出的擁有者，同時也要能辨識原始資料的擁有者，也就是說原始數據跟分析後資料的擁有者可能是不同的。

Part
1
維修測試

Part
2
系統整合

Part
3
售後服務

一問三答 Track 61

Q How did you successfully convince your boss to use big data in marketing?

你是怎麼説服你的老闆使用大數據在市場行銷上？

A1 It did take me a lot of effort. I explained to him that big data can perform analytics on various types of data, and it will allow us to collect and analyze data gathered from social media.

這真的花了我很大的功夫。我向他解釋了大數據能夠分析各種型式的數據，且幫助我們蒐集分析來自社交媒體的數據。

A2 My boss likes the idea that big data can be used to formulate more accurate and detailed forecasts that can offer more advantages to our organization.

我老闆喜歡運用大數據來算出更準確及精密的預測，以提供我們組織更多優勢的這個想法。

A3 I emphasized to him that big data can benefit our new product development and help us to design effective marketing campaigns.

我向他強調了大數據可用於新產品的開發及幫助我們設計更有效率的市場行銷活動。

Q ▶ You mentioned security concerns with big data. What is your suggestion for building security in big data?

你提到了大數據要考量到的網路安全問題。那你對於建立大數據的安全系統有什麼建議？

Part 1 維修測試

A1 ▶ Both big data and cyber security should be considered when building up enterprise information security architecture.

建立企業資訊安全結構時，必須同時將大數據及網路安全考量進去。

Part 2 系統整合

A2 ▶ Assure the risk level of data analytics are well classified and the steps to mitigate risks should be specified as well.

確保適當地對數據分析資料的風險程度做分類，並詳細描述降低風險的步驟。

A3 ▶ In order to gain an understanding of networks and security posture, organizations should monitor and analyze big data continuously.

組織應持續的監控及分析，以了解網路及安全情勢 。

Part 3 售後服務

關鍵字彙 Track 62

▶▶ fore- 字首：前端、之前

- **forecast** *v.* 預測

fore-（字首：在⋯之前）+cast（*v.* 制定，編排）=事先的制定=預測

The weather forecast says tomorrow will be a sunny day.

明天的天氣預報是晴朗的。

- **forehead** *n.* 前額

fore-（字首：前端）+head（*n.* 頭）=前額

There is something on your forehead.

你的額頭上有東西。

- **foresee** *v.* 預見

fore-（字首：之前）+see（看）=（*v.* 看見）=預見

I wish I could have foreseen the problem coming.

我希望預見這個問題發生。

- **forerunner** *n.* 先驅

fore-（字首：在⋯之前）+runner（*v.* 跑者）=跑在前面的人=先驅

Steve Jobs was the forerunner of modern technology.

史帝夫・賈伯斯是現代科技的先驅。

▶▶ -ty 名詞字尾：一種狀態

- **security** *n.* 安全

  secur(e)（*adj.* 安全的）+-ty（名詞字尾：一種狀態）=安全

  Every precaution will be taken to ensure the personal security of the ambassador.

  各種預防保護措施將會被採取，以確保大使的個人安全。

- **honesty** *n.* 誠實

  honest（*adj.* 誠實的）+-ty（名詞字尾：一種狀態）=誠實

  I appreciate your honesty.

  謝謝你對我這麼誠實。

- **intensity** *n.* 強烈

  intens(e)（*adj.* 強烈的）+-ty（名詞字尾：一種狀態）=強烈

  The intensity of the earthquake in Hualien was greater than in the other cities in Taiwan.

  這個地震在花蓮的強度比台灣其他城市都大。

- **specialty** *n.* 特殊專長

  special（*adj.* 特殊的）+-ty（名詞字尾：一種狀態）=特長

  His specialty is system integration.

  他的專長是系統整合。

Part 1 維修測試

Part 2 系統整合

Part 3 售後服務

UNIT 16 萬物信息化 Information of Everything

 情境介紹

　　我們提到了數據（data）的力量，當企業擁有了大量的數據，就等於有很大的力量了嗎？這個答案絕對不是肯定的，因為擁有龐大數據並不等同於有足夠的資訊（information）。這些數據可能分散在不同的部門，沒有被好好的統整，又或是沒有人有時間進行分析，此時，這些數據就等於閒置狀態，並未幫助企業提升競爭力或效率。因此，數據的管理在企業經營上有絕對的重要性。因此，近年來將商業智能（BI, business intelligence）整合到公司既有系統裡，已成為了企業成功經營的必要條件之一。

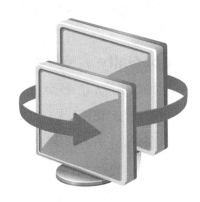

知識資訊站

　　在瞬息萬化的市場，客戶獲得資訊的管道越來越多，專業知識也越來越高，要能夠開創更大的市場，了解客戶行為就變得相當重要了。這個時候，商業智能將會是協助企業了解客戶行為的有利工具了。透過商業智能軟體，可以幫助企業監測客戶滿意度、產品及服務的表現（如產品故障率、維修的頻率及速度）等，另外即時分析 KPI（key performance indicator 關鍵績效指標）、業績、員工日常業務活動開銷記錄、物流管理等，都是商業智能能夠應用的範圍，這也是為什麼將系統整合納入商業智能如此重要。

Part
1
維修測試

Part
2
系統整合

Part
3
售後服務

一問三答 Track 63

Q Why is business intelligence important to data management?

為什麼商業智能對數據管理來說很重要呢？

A1 Business intelligence software provides enterprises with an efficient way to process data.

商業智能提供企業有效處理數據的方法。

A2 One of the key strengths of business intelligence software is data analysis and reporting.

商業智能的關鍵力量就是數據分析及報告。

A3 Business intelligence software helps companies to turn customer data into opportunities.

商業智能軟體協助公司將客戶數據轉換成商機。

Q ─ I would like to analyze our operational data with business intelligence. What are the sources of operational data?

我想要利用商業智能分析我們的營運數據。有哪些營運數據的來源呢？

A1 ─ Our ERP (Enterprise Resource Planning) system would be a resourceful source.

我們的 ERP 系統會是一個能提供很多資訊的來源。

A2 ─ I think our CRM (Customer Relationship Management) system could be a good data source.

我覺得我們的顧客關係管理系統會是一個好的數據來源。

A3 ─ Our E-Commerce system can serve as source data systems.

我們的電子商務系統可以作為數據系統的來源。

關鍵字彙 Track 64

▶ sub- 字首：在…之下，副，附屬的，再

- **subscription** *n.* 訂閱

  sub-（字首：在…之下）+script（*n.* 書寫）+(t)ion（名詞化）=
  訂閱

  The publication is available only by subscription.

  這個發表的文章僅能透過訂閱收到。

- **subtitle** *n.* 副標題，字幕

  sub-（字首：副）+title（*n.* 標題）=副標題

  Can you turn on the subtitle?

  你可以把字幕放出來嗎？

- **sublease** *v.* 再出租

  sub-（字首：再）+lease（*v.* 出租）=再出租

  The apartment is subleased.

  這個公寓是轉租的。

- **subsidiary** *n.* 子公司

  sub-（字首：副，附屬的）+sidiary=子公司

  Our subsidiary is in Taiwan.

  我們的子公司設立在台灣。

▶ -ment 名詞字尾：一種結果、狀態，機構

· **deployment** *n.* 部署；調度

deploy（*v.* 部署；調度）+-ment（名詞字尾：一種狀態）=部署；調度

The deployment was completed this morning.

這項部署在今天上午完成。

· **government** *n.* 政府

govern（*v.* 支配）+-ment（名詞字尾：一種機構）=政府

The government has announced plans to raise the minimum wage next year.

政府已宣布明年要提高基本工資。

· **development** *n.* 發展

develop（*v.* 發展）+-ment（名詞字尾：一種結果）=發展

Development of new life skills is highly encouraged in this company.

這間公司很鼓勵員工發展新的技能。

· **appointment** *n.* 約定；指派

appoint（*v.* 指派）+-ment（名詞字尾：一種結果）=約定；指派

I made an appointment with my doctors.

我預約了要去看我的醫師。

Part 3 售後服務

UNIT 1 概談售後服務

 情境介紹

　　有人說這是一個「服務」導向的黃金年代。我們常聽到，不論任何產業，為了生存及獲利，轉型或加強「服務導向」的業務是必要的生存法則，雖然這樣的說法廣泛被接受，但是對內檢視自己的公司的時候，許多企業經營者或是員工還是不知道該怎麼做，又或是不在乎怎麼提供更好的、更有效率的售後服務，也就是說，大部分的企業高層管理仍視售後服務為一個想法，而非做法。

知識資訊站

　　接下來的單元要來介紹售後服務（aftermarket service or after-sales service）相關的科技人英文。售後服務可以說是各產業越來越重視的一項業務了，售後服務的提供者及原製造廠（manufacturer）可以透過售後服務延伸產品的生命週期（life-cycle），同時也是一個更長遠（long-term）經營與客戶關係的業務。良好的售後服務，能夠贏得更高的客戶忠誠度，且更高度的掌握產品實際使用上的效果及可能發生的問題，協助企業進行修正及改進，又或是在未來開發出更棒的產品。

Part
1
維修測試

Part
2
系統整合

Part
3
售後服務

 一問三答 ◉ Track 65

Q What kind of values can aftermarket service add to our current business?

售後服務可以為公司的業務帶來什麼加分的地方呢？

A1 Aftermarket service can be as profitable as selling products.

和產品販售一樣，售後服務是可以獲利的。

A2 It can help us win customers' loyalty.

它能幫助我們贏得客戶的忠誠度。

A3 It provides customer perspectives and helps us understand the customer's experience when using the products.

它提供了客戶的觀點，幫助我們了解客戶使用產品的經驗。

Q What aftermarket services does your company provide?

你們公司提供的售後服務有哪些？

A1 We provide field service for scheduled inspections and maintenance.

我們提供了定期的到場檢查及保養。

A2 This product carries one-year depot warranty.

這個產品有一年的原廠保固。

A3 We have a 24 hours customer service line for any questions you have regarding the use of our products.

有任何產品使用上的問題都可以聯繫我們 24 小時開放的客服熱線。

Part
1
維修測試

Part
2
系統整合

Part
3
售後服務

關鍵字彙 Track 66

▶ ad- 字首：朝向，行動

- **advocate** *v.* 提倡，主張

  ad-（字首：向…）+vocate=提倡，主張

  The organization has advocated for human rights for years.

  這個組織提倡人權已經有好幾年了。

- **adjourn** *v.* 休會；閉會；中止活動

  ad-（字首：向）+journ=休會

  The chairman announced the meeting was adjourned.

  主席宣布這個會議結束。

- **advance** *v.* 使向前移動；推進，促進，提升

  ad-（字首：向…）+vance=向前

  The company is trying hard to advance their technology.

  這間公司很努力的要提升他們的技術。

- **adapt** *v.* 使適應，使適合

  ad-（字首：向…）+apt（*adj.* 恰當的，貼切的）=使適應，使適合

  The enterprise is adapting a new ERP system.

  這個企業正在適應新的企業資源規劃系統。

▶▶ de- 字首：向下、降低、減少

- **devalue** *v.* 貶值

  de-（字首：向下、降低）+value（*v.* 評價）=貶值

  His property has been devalued ever since the financial crisis.

  他的房子自從金融危機後就貶值了。

- **depopulation** *n.* 人口減少

  de-（字首：降低）+population（*n.* 人口）=人口減少

  Depopulation is a common issue in many advanced countries.

  人口減少是許多先進國家的共同議題。

- **depression** *n.* 憂鬱

  de-（字首：向下、降低）+press（*n.* 壓）+ion=向下壓抑=憂鬱之意

  His depression is well-controlled by medication now.

  他的憂鬱症現在已在良好的藥物控制下。

- **degeneration** *n.* 衰退；墮落；退化

  de-（字首：向下、減少）+generation（*n.* 產生）=衰退之意

  Alzheimer's is caused by progressive degeneration of nerve cells.

  阿茲海默症是神經細胞激進地退化所造成。

Part 1 維修測試

Part 2 系統整合

Part 3 售後服務

UNIT 2 售後服務涵蓋範圍

 情境介紹

　　最新的市場調查數據出爐了，今年我們公司產品的市占率又提升了，主管們都非常滿意這個結果，這也象徵著我們近幾年投入售後服務這塊的努力沒有白費，同時也是因為競爭對手對售後服務這塊的失誤，才讓我們有機會搶占到更大的市場。忽略售後服務是一個很不明智的做法，其實早從 1990 開始，世界各國的企業就開始看到產品售出後客戶投入在產品上面的這塊市場，究竟已售出的產品還可以有哪些延伸的服務呢？就讓我們繼續看下去。

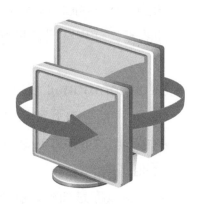

知識資訊站

　　產品售出後可提供的售後服務，除了最容易聯想到的設備修復（recondition）、日常保養維護（maintenance）外，還有零件的販售、升級安裝、定期檢查、技術支援的提供、產品諮詢與訓練等等，這些是不是你之前沒有注意到的呢？伴隨著產品屬性的不同，消費性的電子產品、大型家電、汽機車、工業用機器、大型交通工具如航空飛機及船隻遊輪等到電信通訊服務（如網路、手機通訊），產品能有的售後服務廣泛的超出你的想像，這些售後服務都是販售產品外，能帶入可觀營收的項目。

Part
1
維修測試

Part
2
系統整合

Part
3
售後服務

 一問三答 ◉ Track 67

Q ⟩ Is customer service a part of aftermarket service?
客戶服務部門算是售後服務的一部份嗎?

A1 ⟩ Of course, it is. They are the front line to understand customers' product use experience.
客服部門當然算是囉!他們是第一線了解客戶使用問題的人員。

A2 ⟩ Correct. Even though they just operate through the phone, they are responsible for categorizing the issues and redirecting them to the related department.
是的。雖然說他們只是透過電話操作,但他們會將問題分類並再導向到相關的部門。

A3 ⟩ Yes. Customer service is a channel for customers seeking for aftermarket service.
對呀。客服中心是顧客尋求售後服務的一個管道。

Q What kind of products require aftermarket service?
什麼樣的產品需要售後服務呢？

A1 For instance, when purchasing an automobile, it is important to pay attention to what is included in the after-sales service.
比如說購買汽車的時候，要特別注意售後服務的內容。

A2 White goods like refrigerators and washing machines and so on.
大型的家電像是冰箱、洗衣機等等。

A3 Consumer electronics products, such as cell phones, digital cameras, and laptops.
消耗型的電子產品像手機啊、數位相機、筆記型電腦等。

關鍵字彙 Track 68

▶▶ re- 字首：再、重復、重新

· **recondition** *v.* 修復

re-（字首：再）+condition（*n.* 狀況）=修復

The after-sales service includes product recondition within 2-years after purchase.

這個售後服務包括了購買的兩年內的產品修復。

· **rebuild** *v.* 重建

re-（字首：重新）+build（*v.* 建造）=重建

It took them three years to rebuild the village.

他們花了三年的時間重建這個村落。

· **restart** *v.* 重新開始

re-（字首：重新）+start（*v.* 開始）=重新開始

You should try to restart the computer.

你應該試著重新開機。

· **reconsider** *v.* 再考慮

re-（字首：再）+consider（*v.* 考慮）=重新考慮

They decided to reconsider his candidacy.

他們決定要重新考慮他候選的資格。

▶▶ ar- 字首：方向

· **arrange** *v.* 安排

ar-（字首：方向）+range（*n.* 範圍）=在範圍內=安排

We can arrange a field service for you.

我們可以為你安排到場的維修服務。

· **arrest** *v.* 逮捕

ar-（字首：方向）+rest（*v.* 休息）=使休息，靜止=逮捕

The thief was under arrest with lots of help from the crowd.

在群眾的協助之下，這個小偷遭到了逮捕。

· **arrive** *v.* 抵達

ar-（字首：方向）+rive=抵達

My flight will arrive at Taipei in the early morning.

我的班機清早將會抵達臺北。

· **arbitrary** *adj.* 武斷的，隨心所欲的

ar-（字首：方向）+bitrary=武斷的

Arbitrary judgment should be avoided at work.

工作上應避免武斷的判斷。

Part 1 維修測試

Part 2 系統整合

Part 3 售後服務

UNIT 3 售後服務的潛力

 情境介紹

　　售後服務的營收有多可觀？根據一項在美國的調查，每年售後產品的零組件及售後相關服務的營業額占了總市場的百分之八，也就是說美國的消費市場每年投入在售後服務的金額超過了7000 億美金。汽車產業、大型家用電器（white good）、工業用機器設備、電信業、以及資訊科技產業如消耗性電子零件、軟體等等，這些產業提供的售後服務所產生的獲利，可以是原本售出產品的四倍以上。

知識資訊站

　　介紹了售後服務的服務的範疇（scope）、產品的範疇、售後市場的潛力所在，這些都是想要搶攻這塊潛力無窮的售後市場的第一步，也就是了解「售後服務」。除了龐大的潛在市場外，許多研究調查也都指出，售後服務是一門高利潤（high-margin）的生意，也就是說，它的回收高出了成本許多，試想售後服務所使用到的資源（resource）包括了人力、設備、材料，可能都是原本營運的業務中既有的；此外也有調查指出，售後服務在許多公司的淨利上占了很可觀的比例，也就是說，產品的販售已不再是公司營利的單一主要來源了。

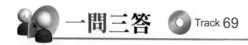 一問三答 ◉ Track 69

Q From a company's perspective, what is the most important to aftermarket service?

站在公司的角度，你認為對公司來說售後服務最重要的是什麼？

A1 Overall cost should be lowered from aftermarket service.

總體成本應該要因為售後服務而降低。

A2 Aftermarket service should create more revenue.

售後服務應該要帶來更多營收。

A3 We should be able to retain more customers because of aftermarket service.

我們應該要能透過售後服務留住更多的客戶。

Q How can we win in the aftermarket?

如何在售後市場勝出？

A1 Build up specific aftermarket service for each product.

為每項產品建立獨特的售後服務。

A2 Differentiating from regular sales, we use different business models to manage aftermarket service.

和一般銷售作出區別，我們使用不同生意模組來管理售後服務。

A3 Learn from successful enterprises.

向成功的企業學習。

關鍵字彙 Track 70

▶ ab- 字首：與…相反、反方向、背道而行

· **abnormal** *adj.* 不正常的

ab-（字首：與…相反）+normal（*adj.* 正常的）=不正常的

We did not find any abnormal function from the test results.

我們沒有在測試結果發垷任何不正常的運作。

· **abroad** *adj.* 在國外的，在外面的

ab-（字首：與…相反）+road（*n.* 路）=在路以外的=外面的意思

He decided to study abroad after graduating from university.

大學畢業後他決定到國外求學。

· **abuse** *n.* 濫用

ab-（字首：與…相反）+use（*v.* 使用）=濫用

Drug abuse in teenagers is a serious issue.

青少年藥物濫用是一個很嚴重的議題。

· **absence** *n.* 缺席

ab-（字首：與…相反）+sence=缺席

His absence shows his lack of interest in collaboration.

他的缺席說明了他沒有興趣合作。

▶ scop- 字根：看，觀看

- **scope** *n.* 範疇，領域；觀看的器具

  scop-（字根：看）+e=看到的範圍=引申為範疇

  Time, money and scope are three key factors in project management.

  時間、金錢和範疇是專案管理關鍵的三大要素。

- **microscope** *n.* 顯微鏡

  micro-（字首：微小的）+scope（*n.* 觀看的器具）=顯微鏡

  Viruses cannot be seen with a microscope.

  顯微鏡下是看不到病毒的。

- **telescope** *n.* 望遠鏡

  tele-（字首：遠距離）+scope（*n.* 觀看的器具）=望遠鏡

  He has a couple of expensive telescopes at his penthouse.

  他在他的頂樓豪華公寓有幾臺昂貴的望遠鏡。

- **macroscopic** *adj.* 宏觀的

  macro-（字首：巨大的）+scop-（字根：觀看）+ic（形容詞化）=宏觀的

  You will see things differently from the macroscopic point of view.

  你如果以宏觀的角度看待事情會很不一樣。

Part
1
維修測試

Part
2
系統整合

Part
3
售後服務

UNIT 4　售後服務 vs.客戶忠誠度

 情境介紹

　　售後服務除了帶來額外營收，也直接地影響了顧客的忠誠度。根據在美國的研究調查顯示，上市公司的股價與售後服務品質的好壞呈現正相關，售後服務較好的公司，相對的股價與同性質產業類股相比，也有比較好的表現。此外，透過對消費者進行的調查結果，也不難想像，大多數的消費者都將售後服務列為決定品牌或產品忠誠度的重要指標。也就是說，一個擁有高客戶忠誠度的公司，一定有相當好的售後服務。

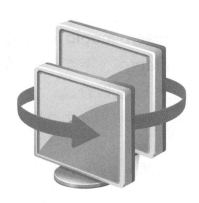

知識資訊站

　　還記得多年前 Nokia 的一句廣告口號「科技始終來自於人性」，這句口號（slogan）的英文是 Human technology，對於這句話一直很有共鳴，仔細想想，科技其實就充斥在我們日常生活的食衣住行育樂中，膠囊咖啡機讓我們能輕易在家品嚐好咖啡，特殊科技材質的運動服飾及鞋子，讓我們運動時更輕易的排汗排熱及增加表現機能，手機的誕生和普及堪稱是科技史上最劃時代的突破，因為這項科技創新了人與人連結（people connecting）的關係，未來的科技發展，也會延續著這個網絡發展，寫了這麼多就是要帶到以售後服務經營網絡這一塊，因為強化與人的連結就是力量。

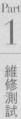
Part
1
維修測試

Part
2
系統整合

Part
3
售後服務

一問三答 Track 71

Q What are the key factors affecting quality of the aftermarket service?
影響售後服務品質好壞的關鍵因素有哪些？

A1 Management of service supply chains is very important to the aftermarket service.
服務供應鏈管理在售後服務是相當重要的。

A2 Determination of the enterprise leaders and utilization of the employees are both factors affecting the quality of the aftermarket service.
企業主的決心及員工的落實，都是會影響到售後服務的因素。

A3 Continuous monitoring and improvements are also key factors.
不斷地監測及進步也是關鍵因素。

Q Should we continue investing more resources in the aftermarket service?

公司到底要不要繼續投入更多的資源在售後服務呢？

A1 I think this is the only way to survive in the competition.

我認為這是我們公司要在競爭中長存的唯一辦法。

A2 Should we take a step back and not be hasty making any decision now? We should analyze the current practice and think about what we can do to correct or improve it.

我們能先退一步不急著現在做決定嗎？我們應該先分析一下現在的做法有哪些可以改正或加強的地方。

A3 Before discussing this, I'd like to review the documentation regarding our aftermarket service historical records.

在討論這個問題前，我想先看一下我們過去售後服務的相關記錄。

關鍵字彙 Track 72

▶▶ **inter-** 字首：在…之間；互相

· **interface** *n.* 界面

inter-（字首：在…之間）+ face（*n.* 面）=界面

We are trying to find the application programming interface for the integration.

我們正在嘗試找到可以整合的應用程式界面。

➢ API=application programming interface

· **interview** *n.* 接見；面試；訪談

inter-（字首：互相）+view（*n.* 看）=互相看=面試，訪談

This interview went well.

這次的訪談進行順利。

· **interact** *n.* 互動

inter-（字首：互相）+act（*n.* 行動）=互動

I'd like to see them interact more.

我很樂見他們有更多的互動。

· **intervention** *n.* 干涉，介入

inter-（字首：在…之間）+vention=干涉，介入

He called all family members to attend the intervention.

他把所有的家庭成員都叫來參加介入治療。

▸▸ multi- 字首：許多的

- **multicultural** *adj.* 多元文化的

  multi-（字首：許多的）+cultural（*adj.* 文化的）=多元文化的

  Taiwan's multicultural society originated from its colonial history.

  台灣的多元文化社會起始於殖民的歷史。

- **multiple** *adj.* 多重的

  multi-（字首：許多的）+ple（形容詞結尾）=多重的

  There are multiple ways to solve this problem.

  解決這個問題的辦法有很多。

- **multinational** *adj.* 多國的

  multi-（字首：許多的）+national（*adj.* 國家的）=多國的

  I'm working for a multinational company.

  我在一間跨國的公司上班。

- **multifunction** *n.* 多功能

  multi-（字首：許多的）+function（*n.* 功能）=多功能

  The multifunction bread maker is pricy.

  這台多功能的麵包機很貴。

UNIT 5 提供售後服務的決心

 情境介紹

　　儘管大家都知道售後服務重要性，但大多數的組織企業還是刻意的忽略它潛在的影響力，很多公司將售後服務視為必要之惡，也就是期待儘量能避免就避免，又有點像是希望客戶永遠不要來反應產品不良的使用經驗或故障，如果真的來了，好像就很勉強地不得不處理了，這麼說起來也很像是繳稅的心態，對很多人來說，都是一個沒有必要的開銷。為什麼呢？因為售後服務其實是一項難以管理的業務，而且只有能夠有效管理的公司企業，才有辦法透過售後服務獲利。

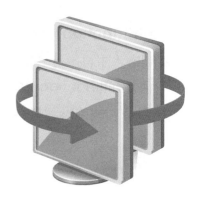

知識資訊站

售後服務是一種心態（mindset），是一種決心（determination），首先，要想在售後服務成功，領導管理者必須要認同售後服務就是一種決心，並以顧客為中心，承諾客戶在一定時間內提供所需的支援。同時，這個想法也必須由上到下的落實到企業裡的每個員工，這也是建立企業價值觀（value）及使命（mission）的一環，並且這不能只是一個口號，一定要有實際細節執行面的導引，才能讓第一線的執行單位落實到客戶身上。此外，售後服務還必須著力在服務的規劃及合約的管理，我們將在後面的單元做更多的介紹。

Part 1 維修測試

Part 2 系統整合

Part 3 售後服務

233

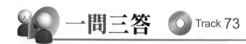

一問三答 ● Track 73

Q It is said the most important factor to manage after-market service is the mindset. What do you think?
有人説管理售後服務最重要的心態，你認為呢？

A1 Exactly. If the top management has no determination to be dedicated to aftermarket service, it will never be possible to succeed.
沒錯。如果管理者沒有決心做好售後服務這塊，那麼永遠無法在售後服務上成功。

A2 Determination is definitely the first step to start aftermarket service.
下定決心絕對是售後服務管理的第一步。

A3 Yes. Customer first is the key to succeed in aftermarket service.
是的。以客為尊才是售後服務成功的關鍵。

Q What is your recommendation on aftermarket service management?
你對售後服務的管理有什麼建議該多注意的呢？

A1 The aftermarket service should be designed based on the product profile.
應依據每個產品的特性規劃專有的售後服務內容。

A2 Service supply chain management is the key to aftermarket service management.
物流鏈是售後服務管理的關鍵。

A3 Aftermarket service software can help enterprise manage aftermarket service more efficiently.
應用售後服務管理軟體能夠協助企業更有效管理售後服務。

Part 1 維修測試

Part 2 系統整合

Part 3 售後服務

關鍵字彙 Track 74

▶▶ un- 字首：否定

- **unpredictable** *adj.* 不可預期的

  un-（字首：否定）+predictable（*adj.* 可預期的）=不可預期的

  Conservative enterprises tend to avoid unpredictable factors when running a business.

  保守的企業在經營時會傾向避免不可預期的因素。

- **unlike** *adj.* 不同的

  un-（字首：否定）+like（*adj.* 相似的）=不同的

  Unlike his father, he enjoys extreme sports.

  他與父親不同，很喜歡極限運動。

- **unable** *adj.* 無法的

  un-（字首：否定）+able（*adj.* 能夠的）=無法的

  We are unable to determine the cause of the issue.

  我們無法判斷造成這個問題的原因。

- **unbelievable** *adj.* 不可思議的

  un-（字首：否定）+believable（*adj.* 相信的）=不可置信的

  His extremely irrational reaction was unbelievable.

  他極度不理性的反應簡直不可置信。

▶ ac- 字首：加強

- **acknowledge** *v.* 承認

  ac-（字首：加強）+knowledge（*n.* 知識）=承認

  You should acknowledge his contribution to the project.

  你應該要對他在案子上的貢獻表示認同。

- **accompany** *n.* 陪同，伴隨

  ac-（字首：加強）+company（*n.* 公司，陪伴）=陪伴之意

  I enjoyed accompanying you very much today.

  今天很高興有你的陪伴。

- **account** *n.* 帳戶

  ac-（字首：加強）+count（*n.* 計算）=帳戶

  He will assist you to reset the account and password.

  他將會協助你重設帳號和密碼。

- **accomplishment** *n.* 成就

  ac-（字首：加強）+complishment（complete *v.* 完成）=成就

  What an accomplishment! I'm so proud of you.

  這真是一大成就！我真以你為榮。

Part 1 維修測試

Part 2 系統整合

Part 3 售後服務

UNIT 6 售後服務的挑戰

 情境介紹

　　其實仔細觀察不難發現，即便是妥善經營營運數十年的企業公司，其中還是有許多缺乏良好的售後服務管理。根據一項研究，美國最大的汽車品牌之一，他們有高達 50%的客戶反應，汽車維修時遭遇到時間延誤，而造成這項客戶抱怨的最主要原因，就是代理商跟原廠零件間的配合很差，所以影響到無法順利地用適當的零件進行維修等售後服務。

知識資訊站

Part
1
維修測試

Part
2
系統整合

Part
3
售後服務

　　不意外的，企業要在售後服務上競爭，可不是件容易的事。橫跨各個產業，售後服務遠比產品的生產製造來的複雜。怎麼說呢？因為服務的本身需要人力、設備、零組件，與產品製造廠相比，需要配置到更多的地方，售後服務的產品涵蓋了過去已販售的還有現在正在製造的。每一代的產品都有不同的組件及供應商，也就是說這項服務要處理的品相／庫存單位（SKU, Stock Keeping Unit）可能比生產線的還要多更多。另外，企業還必須要投入人員的訓練，再加上售後服務所面對的各種狀況更難以預測，這些都是在企業處理產品退回、維修、廢棄物處理以外，需要管理售後服務的地方。

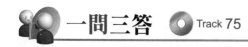

一問三答　Track 75

Q What are the challenges of aftermarket service?

售後服務的挑戰在哪裡？

A1 The nature of demand for aftermarket service is unpredictable, and this is why it is challenging to manage.

售後服務的需求在本質上是無法預期的，這也是難以管理的原因。

A2 Customers nowadays require a higher and higher standard quality of products. Thus, it is challenging to meet customer expectations for after-sales service.

現在的客戶對產品的品質要求越來越高，所以要能滿足客戶的期待是售後服務的一大挑戰。

A3 If the service leader has no determination to drive customer centricity, it would be hard for front line staffs to commit to customers.

如果老闆沒有以客戶為中心的決心，前線人員也很難給予客戶承諾。

Q Are all the aftermarket services free?

售後服務一定是免費的嗎？

A1 Aftermarket services are not necessarily free. It depends on what kind of service was provided.

售後服務不一定是免費的。應該視服務的內容調整。

A2 Some companies offer free charge of basic after-sales service.

有些公司提供的基本售後服務是免費的。

A3 It depends on the contract.

那要看合約的內容了。

Part 1 維修測試

Part 2 系統整合

Part 3 售後服務

關鍵字彙 🔘 Track 76

▶▶ -ing 字尾：具⋯性質的

- **challenging** *adj.* 具挑戰性的

  challeng(e)（*n.* 挑戰）+-ing（字尾：具⋯性質的）=具挑戰性的

  It is challenging to manage aftermarket service.

  售後服務的管理是具挑戰性的。

- **overwhelming** *adj.* 壓倒性的

  overwhelm（*v.* 壓倒）+-ing（字尾：具⋯性質的）=壓倒性的

  I hope the ongoing reorganization is not overwhelming to you.

  我希望正在進行的組織重整對你來說不會太難以忍受。

- **encouraging** *adj.* 激勵的

  encourag(e)（*v.* 鼓勵）+-ing（字尾：具⋯性質的）=激勵的

  It was an encouraging and inspiring TED talk.

  那是一個激勵人心及具　發性的 TED 演說。

  ➢ TED: Technology, Entertainment, Design，美國的一間非營
    利組織

- **surprising** *adj.* 令人驚訝的

  surprise（*n.* 驚喜）+-ing（字尾：具⋯性質的）=令人驚訝的

  This is surprising news to all of us knowing that they're going to merge.

  對我們來說他們要合併這個消息非常令人驚訝。

▶▶ fin- 字根：結束，限制，極限

· **finalize** *v.* 結束，完成

fin-（字根：結束）+alize（-lize 動詞化）=結束、完成的動詞

This is the last step to finalize the product.

這是完成產品的最後一步。

· **infinite** *adj.* 無限的

in-（字首：相反）+fin-（字根：結束）+ite=沒有終點=無限的

They are arguing about whether "pi" is infinite or not.

他們在爭論 π 到底是不是無限的。

· **refine** *v.* 提煉，精鍊；精製

re-（字首：加強）+fin-（字根：極限）+e=精鍊之意

I cannot see how it could be refined any more. It is perfect to me.

我看不出還有哪裡可以精煉的地方，對我來說這已經是完美的了。

· **define** *v.* 定義

de-（字首：加強）+fin-（字根：限制）+e=定義

A well-defined job description is helpful when conducting a performance review.

定義良好的工作內容，在評估表現的時候相當有幫助。

UNIT 7 售後服務的設計

 情境介紹

　　其實站在消費者的角度看，許多消費者要求的不是產品的完美，而是希望原廠能夠在產品發生問題的時候，及時的提供維修服務，當然，不令人意外的，大多數的時候消費者對售後服務的品質並不是相當滿意，原因是消費者對於售後服務的要求也不斷地在提升，想像一下十年前，如果產品送修一到兩天後可以取回，就算是非常有效率的了，但在快速步調的今天，許多廠商已開始標榜 30 分鐘維修取件，這樣的維修服務，才有辦法迎合消費者求新求快的售後服務需求。

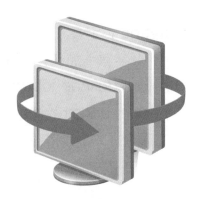

知識資訊站

　　接下來就要談售後服務的設計了，售後服務的設計應該要就產品本身、公司既有的營運狀況（如人力設備等）、公司的核心能力（如產品設計開發及控管能力）來設計。許多公司提倡他們的售後服務為 One-stop service，也就是說透過單一的窗口，讓客戶能一次得到所需的服務，這樣的售後服務單純化了客戶端的作業，也能讓客戶體會到更多的產品承諾，但是，這樣的服務設計適用於每一間公司或是每一種產品嗎？一個好的售後服務設計要能夠創造更多協同（synergy），比如說在流程上、設備上能夠融入既有的架構，已不至於投入大量資源資金卻無法回收或產生不了最大的效益。

Part **1** 維修測試

Part **2** 系統整合

Part **3** 售後服務

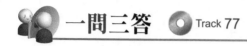 一問三答 Track 77

Q I heard that lots of companies start to offer one-stop service, do you think we should do this as well?

我聽到很多公司都提出一貫式的服務，你覺得我們也應該要提供嗎？

A1 One-stop service does have its advantages, but it can't be applied to all kinds of products.

一貫式的服務固然很好，但並非適用在所有的產品上。

A2 I don't know much about one-stop service. Could you elaborate on this?

我不太了解什麼是一貫式服務。你可以說明一下嗎？

A3 I think that if is the right direction for us. However, we also need to evaluate what additional resources and costs are required.

我想這是個正確的方向，但我們必須先評估一下需要哪些額外的資源及成本。

Q We're going to have a meeting to review aftermarket service soon. What kind of information should I prepare for it?

等一下開會要檢討售後服務的業務了，我該準備什麼資料呢？

A1 You could pull out the data on the returns and refunds history for last month.

你可以調出上個月退貨的資料。

A2 Customer service will have the record of complaints.

客服中心會有客戶抱怨的記錄。

A3 Did you prepare the repair records from the service center?

你有準備維修中心的維修記錄？

Part 1 維修測試

Part 2 系統整合

Part 3 售後服務

關鍵字彙 Track 78

▶ syn- 字首：共同、相同

- **synergy** *n.* 協同

  syn-（字首：共同、相同）+ergy=協同

  Finding the synergy between new and existing businesses will be our goal.

  找到新業務和既有業務間的協同點將是我們的目標。

- **synchronize** *v.* 同步化

  syn-（字首：共同、相同）+chron（字根：時間）+ize（動詞化）=同步化

  The subtitles seem not to be synchronized with the video.

  這個影片的字幕似乎沒有同步。

- **synthetic** *adj.* 合成的

  syn-（字首：共同、相同）+thetic=合成的

  A faux leather jacket is cheaper because it's made of synthetic leather.

  人造皮的外套比較便宜，因為是用合成皮做成的。

- **sync** *n.* 同步（=synchronization）

  syn-（字首：共同、相同）+c=同步

  Did you sync your phone to the computer?

  你的手機跟電腦同步了嗎？

▶▶ re- 字首：再；回、向後

· **return** *n.* 退回

re-（字首：回、向後）+turn（*n.* 轉彎）=退回

What is your return policy?

你們的退貨政策是什麼？

· **refund** *n.* 退款，退回

re-（字首：再）+fund（*n.* 資金）=退款

For the product you purchased, we only provide exchange, not refund.

針對你買的商品，我們只能提供換貨而非退款。

· **refill** *v.* 再裝滿

re-（字首：再）+fill（*v.* 填滿）=再裝滿

All the non-alcoholic drinks are free to refill.

所有的非酒精飲料都可以免費續杯。

· **retention** *n.* 保留

re-（字首：再）+tention（tension *n.* 張力）=再次拉緊=延伸為保留

Aftermarket service is a good way to increase customer re-tention.

售後服務是一個留住客戶的好方法。

UNIT 8 售後服務是一種新創服務

 情境介紹

　　產品或品牌打入市場與售後服務相關嗎？在撰寫營運計劃（BP, business plan）的時候需要把售後服務放進去嗎？售後服務往往在一開始被忽略，但實際上，售後服務可能會成為產品或品牌致勝的關鍵，汽車品牌 Lexus 成功的在美國市場拓展，正是因為他們提供了優越的售後服務，讓他們能夠在與當地汽車品牌 Ford 及 Chrysler 競爭之下，占得一席之地。這同時也呼應了一項研究調查的結果，售後服務的品質與客戶的回購率呈相當的正比。

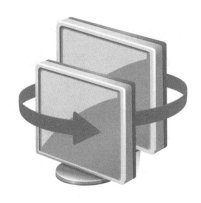

知識資訊站

　　在這個新創型服務爆炸的時代，售後服務雖然不是新的概念，但企業絕對能夠透過各種新創性、策略性的售後服務來獲取利潤。長遠來看，售後支援服務的提供，能夠帶入公司低風險的營收（revenue），以航空製造業來說，產品售出後的壽命至少有 20 年以上，產品壽命越長，其實對企業來說就創造了更多的機會在售後服務上獲利，零組件的銷售、服務相關的產品，這些投入的成本遠比開發新客戶來的低。

Part 1 維修測試

Part 2 系統整合

Part 3 售後服務

 一問三答 ◉ Track 79

Q15 Facing the competitive market, what are the strategies to stand out from the competitors?

面對市場強烈的競爭，公司該運用什麼策略來勝出競爭對手呢？

A1 Aftermarket service can extend our product cycle.

售後服務可以延長我們產品的生命週期。

A2 Providing service is a trend. I can see our company is going in the right direction by investing more in aftermarket service.

服務的提供是一種趨勢，我認為我們公司可以朝這個方向發展。

A3 We should figure out a way to increase profit as well as retain customers.

我們應該思考一個可以提高利潤及保留客戶的策略。

Q Do you consider aftermarket service when purchasing a product?
你在購買產品的時候會考量到售後服務嗎？

A1 I will first think about how long I expect to use the product. If it will be more than one year, I would definitely check for aftermarket service availability.
我會先想一下這個商品我預期要用多久，如果是一年以上的，我就會看有沒有保固。

A2 I will certainly consider aftermarket service for home appliances.
如果是家電類的我就會考慮售後服務。

A3 Absolutely, can you imagine if there is no after-sales support for your car?
當然了，你能夠想像如果你的汽車沒有售後支援嗎？

Part

1

維修測試

Part

2

系統整合

Part

3

售後服務

關鍵字彙 Track 80

▶▶ in- 字首：不、無、非

- **incomplete** *adj.* 不完整的

  in-（字首：不）+ complete（*adj.* 完整的）=不完整的

  We cannot proceed with incomplete information.

  資料不完整讓我們無法繼續進行。

- **informal** *adj.* 不正式的

  in-（字首：不）+formal（*adj.* 正式的）=不正式的

  This is a casual event. Informal attire should be fine.

  這是一個輕鬆的活動。非正式的服裝應該是沒問題的。

- **incapable** *adj.* 無能力的

  in-（字首：無）+capable（*adj.* 有能力的）=無能力的

  I think he is incapable of a technology crime.

  我認為他沒有能力從事科技犯罪。

- **independent** *adj.* 獨立的

  in-（字首：不）+dependent（*adj.* 依賴的）=獨立的

  She is a smart, beautiful, and independent woman.

  她是個聰明、美麗且獨立的女性。

▶▶ un- 字首：不、無、非

· **unfortunately** *adv.* 不幸地

un-（字首：不）+fortunately（*adv.* 幸運地）=不幸地

Unfortunately, the concert has been cancelled at last minute due to the bad weather.

很不幸地，這場演唱會因為天候不佳在最後一刻被取消了。

· **unconditional** *adj.* 無條件的

un-（字首：無）+conditional（*adj.* 有條件的）=無條件的

Parents' unconditional love is the most precious thing in the world.

父母無條件的愛是世界上最珍貴的事了。

· **unwanted** *adj.* 不想要的

un-（字首：不）+wanted（*adj.* 想要的）=不想要的

Drowsiness is the unwanted side effect of the drug.

嗜睡是服用這個藥不想要的副作用。

· **unbelievable** *adj.* 不可思議的

un-（字首：不）+believable（*adj.* 令人相信的）=不可思議的

It is unbelievable Kimetto just finished the marathon in two hours and three minutes.

真是太不可思議了，Kimetto 剛以兩小時三分鐘的時間跑完馬拉松。

UNIT 9 售後服務提升市場競爭力

情境介紹

　　近年來公司某產品線的市占率（market share）遇到了瓶頸（bottleneck），會議中的話題總圍繞著該如何打敗市場上的主要競爭對手（key competitor），討論過提升產品的性能表現，但礙於原廠不在我們的管轄範圍，這是許多在台灣的外商所遇到的共同挑戰，能夠干預到國外總公司的研發有限；再來就是價格了，很多情況降低價格並不一定能改善銷售成績，例如一些技術含量高的產品，牽涉了客戶的使用習慣，也就是説價格不是這些使用者選擇產品時的最大考量。這時候有人提出了「為什麼我們不來投入售後服務這一塊呢？」

知識資訊站

　　想像在市場上，你的公司產品不論在性能（performance）上、價格、品質，都和競爭對手旗鼓相當，該如何在競爭對手中脫穎而出呢？售後服務一定是個可以強化的方向，這麼說好了，當你的公司能夠提供售後服務，那就比對手多了許多機會來了解客戶的科技、作業流程（process），甚至是市場趨勢、行銷計劃，這些都是售後服務能帶來的優勢。

Part
1
維修測試

Part
2
系統整合

Part
3
售後服務

一問三答 Track 81

Q How did you successfully convince your boss to approve the budget for aftermarket service?

你是如何說服你的老闆批准關於售後服務的預算呢？

A1 I emphasized that aftermarket service is a high-margin business.

我強調了售後服務是一個高利潤的營運項目。

A2 I explained to our boss about benefits aftermarket service about contribute to our business.

我向我的老闆說明了許多售後服務能夠帶來的效益。

A3 I did not have to convince him too much. It happens to be our corporate goal to focus on aftermarket service in the next five years.

我沒有怎麼說服他，售後服務是總公司未來五年聚焦發展的項目。

Q We would like to upgrade our aftermarket service. Do you have any suggestions?

我們公司想要加強售後服務這部分，請問有什麼建議的地方呢？

A1 I would like to review the products and develop a service portfolio based on their characteristics.

我想檢視產品的特性及建立產品的服務檔案。

A2 Monitoring the performance of aftermarket service constantly would be one thing to start with.

可以從持續監測售後服務的表現開始。

A3 Strengthen employee awareness of aftermarket service through training and education.

透過教育訓練加強員工對售後服務的認知。

關鍵字彙　◎ Track 82

▶▶ **form-** 字根：形體

· **format** *v.* 格式化 n. 形式，編排

form（字根：形體）+at=格式化

What kind of format do you prefer?

你比較想要什麼樣的編排？

· **conform** *v.* 遵照，符合，一致

con-（字首：一起）+form（字根：形體）=一致

As the employee in the company, conforming the business conduct is one of the duties.

身為公司的一份子，遵守公司的員工準則是義務之一。

· **reform** *v.* 重新組成

re-（字首：再）+form（字根：形體）=重新組成

We will reform the team soon for the new assignment.

很快我們會為新的任務重組團隊。

· **conformity** *n.* 一致性

con-（字首：一起）+form（字根：形體）+-ity（名詞化）=一致性

One of the specifications for final inspection is the conformity of the appearance.

最終檢驗的其中一項規格是外觀的一致性。

▶ graph-, gram- 字根：圖表

· **photograph** *n.* 照片

photo（*n.* 圖像）+graph-（字根：圖表）=照片

This exhibition is about his photographs taken in Africa.

這個展覽是關於他在非洲拍的照片。

· **geography** *n.* 地理學

geo-（字首：地理，土地）+graph-（字根：圖表）+y=地理學

National geography is one of my favorite channels.

國家地理頻道是我最喜愛的頻道之一。

· **diagram** *n.* 圖表

dia-（字首：橫跨）+gram-（字根：圖表）=圖表

If you're asking for my feedback, I would suggest you to use more diagrams in the presentation.

如果你要問我的意見的話，我會建議你在報告中多用一點圖表。

· **program** *n.* 計劃

pro-（字首：代理）+gram-（字根：圖表）=計劃

He ran this program for years.

他執行這個計劃多年。

Part
1
維修測試

Part
2
系統整合

Part
3
售後服務

UNIT 10 售後服務內容規劃

 情境介紹

　　接下來我們要來談談售後服務內容的規劃，先前介紹了售後服務的重要性、困難度，那麼在執行上有哪些策略性的作法呢？首先，了解你的產品，根據產品的屬性來規劃相關的售後服務是一個明智的做法，比方說，是否提供售後服務在拋棄式／單次使用性的產品呢？又或者是已經停產的產品呢？還有使用這項產品的客戶需求為何？對售後服務有沒有期待？有什麼樣的期待？

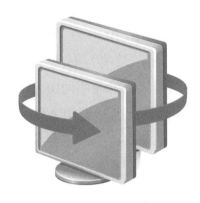

知識資訊站

設計產品服務的檔案，不同的客戶有不同的服務需求，即便他們購買的是同一個產品，舉例來說，假設證券交易公司及圖書館購買同一個中央處理電腦主機（mainframe computer），當主機故障時，證券公司產生的金融上損失一定比圖書館來得大得多，所以供應商就應該提供不同的售後服務給兩個不同的單位。這和 OEM 是相同的概念，原廠委託製造商（OEM, Original Equipment Manufacturer）所提供的服務，也應該是針對各個原廠客戶的需求來調整，當然費用也應該根據客戶所願意支付的來調整。

Part
1
維修測試

Part
2
系統整合

Part
3
售後服務

一問三答 Track 83

Q From customer's perspective, what is the most important thing about aftermarket service to a customer?

站在客戶的角度，你認為對客戶來說售後服務最重要的是什麼？

A1 If I were a customer, I would hope to see the service person respond positively and actively.

如果我是客戶，我希望售後服務人員能夠正面積極的回應。

A2 Customers expect problems to be solved in a short time.

客戶會希望能夠在短時間內解決產品問題。

A3 Most customers do not expect to spend more money on the product.

大部分客戶會希望不要再多花什麼費用。

Q What is the advantage of outsourcing service management?

外包服務管理的工作有什麼優勢呢？

A1 It can help manage the service network as well as customer satisfaction.

能夠幫助管理服務網絡和客戶滿意度。

A2 It makes the service network more automated and easier to track.

讓服務網絡更自動化，易於追蹤。

A3 Outsourced service management or spare parts suppliers can lower the costs.

外包的服務管理或零件供應能降低成本。

Part
1
維修測試

Part
2
系統整合

Part
3
售後服務

關鍵字彙 Track 84

▶▶ **-ive 字尾：具⋯的特質**

· **positive** *adj.* 確實的，正面的

posit（*v.* 安置）+-ive（字尾：具⋯特質）=確實的

The answer is positive no matter how many times you ask.

不管你問幾次答案都是肯定的。

· **active** *adj.* 積極的，活躍的

act（*v.* 動作）+-ive（字尾：具⋯特質）=活躍的

She has always been very active in the organization.

她在組織中一直很積極。

· **offensive** *adj.* 冒犯的

offens(e)（*v.* 冒犯）+-ive（字尾：具⋯特質）=冒犯的

I found the way he talks is quite offensive, but he actually doesn't mean it.

我發現他說話的方式蠻冒犯人的，但其實他沒有那個意思。

· **negative** *adj.* 否定的

negat(e)（*v.* 否定）+-ive（字尾：具⋯特質）=否定的

It was a relief when he found out the test results were negative.

他看到測試結果是陰性的就鬆了一大口氣。

▶▶ -less 字尾：沒有

- **flawless** *adj.* 沒有缺點的

  flaw（*n.* 缺失）+-less（字尾：沒有）=沒有缺點的

  I have to say his proposal is flawless.

  我必須説他的提案近乎無懈可擊。

- **jobless** *adj.* 失業的

  job（*n.* 工作）+-less（字尾：沒有）=沒工作的

  He was jobless for three months.

  他失業了三個月。

- **countless** *adj.* 數不清的

  count（*v.* 計算）+-less（字尾：沒有）=數不清的

  Look up! There are countless stars out tonight.

  抬頭看！今晚有數不清的星星。

- **nevertheless** *adv.* 儘管

  never（*adv.* 從來不）+the+-less（字尾：沒有）=儘管如此

  Nevertheless, we will still carry on with the project.

  儘管如此，我們還是會進行這個專案的。

Part
1
維修測試

Part
2
系統整合

Part
3
售後服務

UNIT 11 產品保固

 情境介紹

　　又到了公司採購電腦的時候，眾多的品牌和供應商，該如何選擇呢？有的報價雖然比較便宜，但是仔細看配套的方案居然沒有保固（service contract 通常用在公司對公司間；warranty 通常用在公司與消費者間），很多時候維修所需的費用是很可觀的，這時候應該抱持著鴕鳥心態，一開始花小錢（其實少了售後服務的方案也不一定會便宜許多），然後期待購買的產品永遠不要發生問題，還是採取適當預防措施，先投入一些金額在可能產生的問題上，這樣使用起產品來，也比較令人放心，不用那麼提心吊膽，因此從這樣的角度看售後服務，就像是花費在享受一個較佳的使用經驗。

知識資訊站

　　近年來許多公司開始著力在分析售後服務所遭遇的挑戰及提供改善服務的策略。學習世界尖端的公司的售後服務的最佳運作（best practice），了解如何運用科技來強化（enhance）售後服務的作業，這些都可以幫助企業減少服務及保固的開銷、增加服務的利潤、強化品牌辨識度及提高客戶忠誠度，透過強化遠端監測、到場服務（安裝或維修）、保固分析這些面向，即便在不斷變動的經濟環境下，售後服務也能面對各種挑戰並不斷進化。

Part
1
維修測試

Part
2
系統整合

Part
3
售後服務

一問三答 Track 85

Q What should be considered before purchasing a warranty?
購買保固的時候要注意什麼？

A1 First, think about how long you want to use it.
先想一下你預計要用這個產品多久。

A2 Read the warranty carefully to understand what is covered and the warranty period.
仔細的閱讀保固涵蓋的範圍及保固期。

A3 Think twice about if you will still have peace of mind if you don't buying the warranty.
想一下如果你不買的話會不會一直不心安。

Q What are the key elements of the best practices in aftermarket service?

請問售後服務的最佳營運模式有何要素？

A1 An efficient service supply chain is the key to the best aftermarket service.

有效率的服務供應鏈是最佳售後服務的關鍵。

A2 Well-trained service personnel is one of the key elements to bring up best practices in aftermarket service.

良好訓練的服務人員是創造最佳營運售後服務的關鍵之一。

A3 Effective tracking system in aftermarket service is the key.

有效的售後服務追蹤系統是個關鍵。

關鍵字彙 Track 86

▶▶ -ty 字尾：…的情況、狀態

- **safety** *n.* 安全

  safe（*adj.* 安全的）+-ty（字尾：…的情況）=安全的情況=安全

  Please make sure you address this safety issue in the meeting.

  請你務必在這次會議提到這個安全議題。

- **security** *n.* 安全，防護

  secur(e)（*v.* 使安全）+-ty（字尾：…的情況）=安全的情況=安全

  Cyber security has been important ever since the Internet became a thing.

  自從開始網路化後，網路安全就一直相當重要。

- **loyalty** *n.* 忠誠

  loyal（*adj.* 忠誠的）+-ty（字尾：…的狀態）=忠誠的狀態=忠誠

  Customer loyalty is hard to earn but worth working hard for it.

  顧客忠誠度很難獲得，但值得努力去贏得。

- **novelty** *n.* 新穎，新奇

  novel（*adj.* 新奇的）+-ty（字尾：…的狀態）=新奇的狀態=新穎

  Novelty is one the qualities to file a patent.

  新穎性是專利申請的其中一項要素。

▶ -y 字尾：充滿…的

- **classy** *adj.* 優異的，經典的
  class（*n.* 優異）+-y（字尾：充滿…的）=優異的
  Her dress was classy and astonishing.
  她的禮服相當出色及令人驚奇。

- **tricky** *adj.* 微妙的，難以處理的
  trick（*n.* 把戲）+-y（字尾：充滿…的）=微妙的
  It can be tricky to manage services.
  管理服務是很微妙的。

- **juicy** *adj.* 多汁的
  juic(e)（*n.* 果汁）+-y（字尾：充滿…的）=多汁的
  This orange is very juicy.
  這個柳橙很多汁。

- **furry** *adj.* 多毛的
  fur(r)（*n.* 毛）+-y（字尾：充滿…的）=多毛的
  I'm allergic to furry things.
  我對毛茸茸的東西會過敏。

Part 1 維修測試

Part 2 系統整合

Part 3 售後服務

UNIT 12 售後服務物流管理

 情境介紹

　　「什麼？又要退貨？」公司的物流部門（logistics）是不是很討厭處理退換貨呢？這點其實也牽涉到心態上的設定，一般人還是會認為退換貨就是對於產品的不肯定，這時候不論是企業員工或管理者，都應該以更長遠的眼光看待，也就是說這是一個機會讓客戶體驗售後服務，別忘了先前提到的客戶忠誠度、回購率和對品牌的認同感。說了這麼多就是要強調物流供應鏈（supply chain）在售後服務管理的重要性。想要在售後服務這塊領域成功，一定要在物流供貨鏈的管理下功夫。

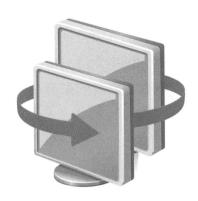

知識資訊站

　　首先，必須要了解「服務性質業務」的物流供貨鏈一定和「產品生產」的物流供貨鏈有所不同。讓我用一種簡單的方式來說明好了，從流程（flow）來切入，產品生產的流程大致是從原料（raw material）到成品（finish product）這樣一個方向；而服務的供應鏈是從客戶退回的產品到成品，所以從材料上來看，服務供貨鏈就複雜了許多，因為完成成品所需的原料一般來說都是定義良好的、可預期、可計劃的（forecast）；而售後服務所需要的材料就比較零亂、也無法預期。

Part
1
維修測試

Part
2
系統整合

Part
3
售後服務

一問三答 ◎ Track 87

Q I got a complaint call from a customer. What should I do now?
我這邊接到了一通客訴電話，我該如何處理呢？

A1 You can forward the call to customer service.
你可以把它轉接到客服中心。

A2 You can get his contact information first and forward if to customer service to contact him later.
你可以先留下他的聯絡方式，然後請客服部門再跟他聯繫。

A3 It is strange that you received the call.
奇怪了怎麼會是你接到的。

Q Our company is struggling to improve aftermarket service. Where should we start to review?
公司在售後服務這塊一直無法進步，應該檢討哪些地方呢？

A1 Monitoring and reviewing service performance should be reinforced.
要加強服務表現的監測及檢討。

A2 Take it seriously when developing preventive and corrective action.
在制定預防及校正措施時要認真執行。

A3 Collecting data is not enough. It should be analyzed.
不光只是蒐集客戶回饋的資料，還要加以分析。

Part
1
維修測試

Part
2
系統整合

Part
3
售後服務

關鍵字彙 Track 88

▶▶ -fy 字尾：執行⋯的動作

classify *v.* 分類

class（*n.* 類別）+i+-fy（字尾：執行⋯的動作）=分類

Please help to classify the files by the business unit.

請按照產品線分類這些檔案。

modify *v.* 調整

mod(e)（mode *n.* 方法）+i+-fy（字尾：執行⋯的動作）=調整

We tried to modify our business model to be more competitive.

我們試著調整我們的商業模式以變得更具競爭性。

amplify *v.* 放大，乘法中的「乘」

ample（*adj.* 大量的）+-fy（字尾：執行⋯的動作）=放大

Technology could amplify your business to the next level.

科技可以讓你的生意放大到另一個境界。

clarify *v.* 澄清，說明清楚

clar（clear *adj.* 清楚的）+i+-fy（字尾：執行⋯的動作）=說明清楚

I need him to clarify this.

我需要他來說明這件事。

▶▶ -ee 字尾：接受…的人

- **employee** *n.* 員工

  employ（*v.* 僱用）+-ee（字尾：接受…的人）=員工

  As an employee, you are representing the company when dealing with outside agencies.

  身為公司的員工，當你跟外部的人員接洽的時候就是代表著公司。

- **trainee** *n.* 受訓人員

  train（*v.* 訓練）+-ee（字尾：接受…的人）=受訓人員

  The trainees in the program are all new grads.

  這個計劃裡的受訓人員都是剛畢業的新鮮人。

- **payee** *n.* 受款人

  pay（*v.* 付款）+-ee（字尾：接受…的人）=受款人

  You could set up a credit card as a payee in your account.

  你可以在你的帳戶裡設定信用卡為其中一個受款人。

- **examinee** *n.* 受試者

  examin(e)（*v.* 考試）+-ee（字尾：接受…的人）=受試者

  Every examinee has to pass a vision test to get a driver's license.

  每位受試者要通過視力檢測才能拿到駕照。

Part 1 維修測試

Part 2 系統整合

Part 3 售後服務

UNIT 13 售後服務物流挑戰

 情境介紹

　　提到物流在售後服務中的重要，不可不知應用在售後服務的科技就是逆向物流（reverse logistics）了。首先要了解的是售後服務與生產線的物流供應是非常不同的，且服務供給鏈較傳統生產供給鏈要複雜得許多，售後服務所提供的內容是多樣的，可能因不同的合約或保固內容，對客戶有不同的承諾；再來，服務供給鏈所涉及的地域性及通路的複雜性較一般生產供給鏈要更多，加上時間上的限制（如有些保固提供了當日取件的服務），光是維持存貨（inventory）的地點就必須要遍及自身通路、經銷通路及維修中心。這也是為什麼逆向物流在售後服務如此重要了。

知識資訊站

　　逆向物流是什麼呢？簡單的說，一般理解的正向物流為產品成品完成後從製造廠到消費者手上，這樣一個供應鏈，為最基本的一個物流方向，而逆向物流的方向恰恰相反，是產品成品從消費客戶端送回供應商或原廠的一個方向，正因如此，與物流供應的管理一般架構有所不同，先前也提到過，由於售後服務跟一般生產製造「天性」上的不同，因此一定要以不同的管理方式才有辦法再退回、維修、換貨、銷毀、回收這些地方做更有效率的處置，這也是為何逆向物流如此重要。

 一問三答 ◉ Track 89

Q I would like to understand what are departments are involved in aftermarket service?

我想要了解一下公司有哪些部門跟售後服務的業務處理有關呢？

A1 First is the department receiving feedback from customers. In most cases, it is customer service.

首先就是接收到客戶反應的部門了，通常是客服部門。

A2 Logistics, dealing with product return and exchanges can be seen as part of a aftermarket service.

處理退換貨的物流部門可視為售後服務的一部份。

A3 Advanced companies would link aftermarket service with the R&D department.

先進的公司會將售後服務與研發部門做結合。

Q Do you know what "reverse logistics" is?
你知道逆向物流是什麼嗎？

A1 Reverse logistics is different from a traditional pro-duce supply chain.
逆向物流有別於傳統生產供應鏈。

A2 It's specifically used to describe the flow of materials and merchandise in the aftermarket.
逆向物流特別在指售後市場材料及成品的流動。

A3 The inventory locations involved in reverse logistics are not limited to warehouse, they also include stores, distribution centers, a service center, and mobile inventory for on-site field service.
逆向物流涉及的庫存不僅僅是倉庫而已，還包括了販售點、分銷中心、維修中心及到府服務地行動庫存。

關鍵字彙 Track 90

▶▶ re- 字首：相反、反對

· **reverse** *adj.* 顛倒的，反向的

re-（字首：相反）+verse（*n.* 詩作）=反向的

Managing reverse flows in the service supply chain is harder than I thought.

服務供應鏈中的逆向流管理比我想像中的還要困難。

· **resistance** *n.* 抵抗力

re-（字首：反對）+sist-（字首：站）+ance（名詞化）=抵抗力

You don't want to use antibiotic without consulting your doctor since development of drug resistance should be avoid.

你可不想沒諮詢過醫生就隨便使用抗生素，要避免身體產生藥物抗性。

· **rebel** *n.* 反抗者；反叛者

re-（字首：反對）+bel=反叛者

The notorious terrorist ISIS is a group of rebels.

惡名昭彰的恐怖份子伊斯蘭國是一個反叛團體。

· **resent** *n.* 憤慨；怨恨

re-（字首：反對）+sent（*v.* 寄送）=退回、拒絕=延伸為憤慨

Teenagers easily resent parents' every single word.

青少年很容易不滿父母的每句話。

▶▶ -ous 字尾：具…特質的

- **nervous** *adj.* 緊張的

  nerve（*n.* 神經）+-ous（字尾：具…特質的）=緊張的

  Talking in public always makes me nervous.

  在大家面前說話總是讓我很緊張。

- **dangerous** *adj.* 危險的

  danger（*n.* 危險）+-ous（字尾：具…特質的）=危險的

  Hiking in high altitudes could be dangerous due to the low oxygen level.

  因為氧氣濃度低，高海拔的登山是危險的。

- **famous** *adj.* 有名的

  fam(e)（*n.* 名望）+-ous（字尾：具…特質的）=有名的

  I cannot believe you've never heard it. It is a famous song.

  我不敢相信你沒聽過，這是一首很有名的歌曲。

- **outrageous** *adj.* 可憎的；令人吃驚的

  outrage（*n.* 惡行）+-ous（字尾：具…特質的）=可憎的

  His outrageous behavior left us with no choice but to fire him.

  他可怕的行為讓我們沒別的辦法只能開除他。

Part 1 維修測試

Part 2 系統整合

Part 3 售後服務

UNIT 14 逆向物流

 情境介紹

　　介紹了提到售後服務管理不可不知道的「逆向物流」重要性，接下來介紹哪些科技可以應用在逆向物流管理，除了許多公司紛紛提出協助逆向物流管理的服務外（還記得嗎？目前也有許多公司提供「系統整合」管理，這些都是科技性質的「服務」），也有許多軟體上的配套開發來協助逆向物流的管理，接下來我們將淺談一下售後服務相關的輔助管理軟體。

知識資訊站

　　根據 IDC 的一項調查，北美地區 512 家 IT 專業公司，有 79%曾經購買或瀏覽軟體即服務（software as a service, SaaS）。我們在先前提過 SaaS 是雲端服務的其中一種模式。SaaS 軟體即服務可以提供企業透過網路來使用應用軟體，以管理供應商，這樣針對企業所量身訂做的售後服務管理軟體，能夠協助企業更有效且雙向（包括逆向）的管理零組件及產品，同時也能減少在行政及硬體上的開銷，以創造更大效益的投資報酬率（ROI, Return On Investment）。之前提過的 ERP 系統，也有針對逆向物流提供的服務，這樣的架構是特別根據服務供應鏈面臨的挑戰所設計，以滿足服務商機的需求及協助企業提供最好的服務解決方案。

Part 1 維修測試

Part 2 系統整合

Part 3 售後服務

一問三答 Track 91

Q I heard there are companies that provide services to manage aftermarket service. Have you ever heard of that?

聽說有些公司提供了管理售後服務的服務，你知道那是什麼嗎？

A1 I heard of this kind of integration companies that provide strategic management to help solve issues in sales and service process.

我聽說過有這樣的整合公司，提供管理策略服務協助解決銷售和服務程序相關的問題。

A2 I know some companies provide service to manage third parties and vendors.

我知道的是有些公司提供第三方及供應商的管理。

A3 There are independent repairing service providers. They mainly provide cost effective repairing service and they can offer better prices of the spare parts through procuring larger amount of parts.

有一種獨立的維修服務供應商，他們主要提供低成本維修服務，並可以透過採購大量零件以壓低零件價格。

Q Why is it so hard to manage an aftermarket service supply chain?

為什麼售後服務的物流如此難以管理呢？

A1 The flow of aftermarket service is different from the regular supply chain flow.

因為售後服務的流程跟一般物流不同。

A2 It is harder to forecast the amount of parts for aftermarket service.

售後服務所需的零件量比較難以預估。

A3 Reverse logistics is involved in aftermarket service and it comes with a more complicated process and more inventory locations.

售後服務牽涉到逆向物流管理，所需要的流程及存貨地點較為複雜。

Part 1 維修測試

Part 2 系統整合

Part 3 售後服務

關鍵字彙 Track 92

▶▶ pro- 字首：益處；代理，代替；傾向

· **procurement** *n.* 採購

pro-（字首：代理）+cure（*v.* 保存）+ment=採購

Our procurement process ensures the materials and servic-
es are well sourced.

我們的採購流程確保了良好的材料與服務來源。

· **pronoun** *n.* 代名詞

pro-（字首：代理，代替）+noun（*n.* 名詞）=代名詞

It shouldn't be hard to learn how to use pronouns.

學習使用代名詞應該不是太難。

· **probiotic** *n.* 益生菌

pro-（字首：益處）+biotic（*n.* 生物的）=對身體有照顧的生物=
益生菌

Probiotics help stabilize the normal flora in the intestines.

益生菌幫助腸道正常菌叢的平衡。

· **pro-government** *n.* 支持政府

pro-（字首：傾向）+government（*n.* 政府）=支持政府

Both the pro- and anti-government parades will take place
tomorrow.

明天同時有支持跟反對政府的遊行展開。

▶▶ dis- 字首：離、分開、分布、散布

- **distribution** *n.* 分發；分配；散布；分銷

  dis-（字首：分布、散布）+tribute(e)（*n.* 進貢）+(t)ion（tion 結尾為名詞化）=分發，散布

  They have over 100 locations to maintain inventory, including warehouse, distribution centers, and repair centers.

  他們有超過 100 個存貨地點包括倉庫、分銷中心及維修中心。

- **dispel** *v.* 驅散，消除

  dis-（字首：離、散布）+pel=消除，驅散

  We hope it can help dispel customers' fears.

  我們希望這可以幫助消除客戶的恐懼。

- **dissect** *v.* 切開

  dis-（字首：分開）+sect=切開，解剖之意

  Today we dissected a frog in biology class.

  今天的生物課我們解剖了一隻青蛙。

- **distributor** *n.* 經銷商

  dis-（字首：分布、散布）+tribute(e)（*n.* 進貢）+or（or 結尾為身份化）=散布貢品者=延伸為經銷商

  We are the exclusive distributor in Taiwan.

  我們是在台灣的獨家經銷商。

售後服務 vs.研發

 情境介紹

　　最近總公司正在推動一項政策，也就是改變了退貨授權（RMA, Return Material Authorization）號碼申請的流程，為什麼呢？過去的流程是當有產品要進行退回的時候，由當地（local）物流向原廠物流提出 RMA 號碼的申請（request），每樣物品退回原廠時一定要有 RMA，否則退回的物品將不會被處理；正在推動的這項流程改變，就是必須要透過當地的研發相關部門（R&D）首先發出一個產品售後使用經驗的報告，內容在記錄產品售出後使用上遇到的問題及需要退回的原因，一旦這份報告透過網路上的登錄後，原廠才會核發（issue）RMA 號碼。這樣一個流程的改變到底是為了什麼呢？讓我們繼續看下去。

知識資訊站

你想到原因了嗎？這個流程的改變，就是為了讓售後服務與產品研發有更緊密地連結。這也是被列為提升售後服務管理的重點之一。透過分析這些使用上的經驗及挑戰，研發部門能夠有效地掌握產品的劣勢及可以改善的地方，以進行修正或是作為未來產品設計或創新的參考，這也是為什麼許多文章提到具前瞻的管理者必須要了解到產品開發與服務間的關係，思科系統 Cisco 是科技通信領域的領導者，他們提供了一個成功的案例如何把售後服務與產品開發創新連結，Cisco 定期檢討失敗的數據，並持續地強化既有的產品，同時創造新的產品來改善顧客經驗，這也是為什麼他們能夠持續進步（continuous improvement）並在市場佔居領先地位。

一問三答 Track 93

Q Could you explain to me what an RMA is?
可以跟我解說一下什麼是 RMA 嗎？

A1 RMA means Return Material Authorization.
RMA 就是退貨授權。

A2 An RMA code is required when returning items to the manufacturer.
退貨到原廠的時候一定要有 RMA 號碼他們才會受理。

A3 In logistics management, an RMA is used to track the return and refund process.
在物流的管理中，RMA 用來記錄並追蹤退換貨的作業。

Q ▶ Do you know why an RMA is issued by R&D now?

你知道為什麼現在要 RMA 號碼要透過研發部門嗎?

A1 ▶ I don't quite understand. Who do you think we should ask?

我不是很清楚。你覺得我們應該請教誰比較好呢?

A2 ▶ I heard our company wants more links between service and product development.

聽說是公司希望售後服務能和研發有比較密切的結合。

A3 ▶ It's actually easy to understand. R&D records all feedback from customers' product use experiences and analyzes it.

這很容易了解。研發部門會記錄每個來自客戶反映的產品使用經驗,並進行分析。

Part 1 維修測試

Part 2 系統整合

Part 3 售後服務

關鍵字彙 Track 94

▶▶ **-al 字尾：…的行動，…的人**

· **proposal** *n.* 提案

propos(e)（*v.* 提出）+-al（字尾：…的行動）=提案

I like his proposal for outsourcing the delivery of aftermarket service.

我喜歡他外包售後服務配送的提案。

· **approval** *n.* 核准

approv(e)（*v.* 允許）+-al（字尾：…的行動）=核准

We need CIO's approval to start this project.

我們需要資訊長的核准才能開始執行這項專案。

· **denial** *n.* 否定，否認

deni（deny *v.* 否定）+-al（字尾：…的行動）=否認

He is in denial of the truth that he lost his dog.

他正否認他把狗狗弄丟的事實。

· **criminal** *n.* 罪犯

crimin（crime *n.* 罪）+-al（字尾：…的人）=犯罪的人

Profiling the criminal mind is a key to solving a complicated case.

剖析罪犯的心理是破案的關鍵。

▶▶ -ment 字尾：…的名詞

· **excitement** *n.* 興奮

excite（*v.* 興奮，激動）+-ment（字尾：…的名詞）=興奮

The excitement in the team showed the launch was successful.

從團隊的興奮可以看出產品上市的成功。

· **agreement** *n.* 同意，合約

agree（*v.* 同義）+-ment（字尾：…的名詞）=合約

We just signed the nondisclosure agreement with them.

我們才剛跟他們簽下了保密協定。

· **environment** *n.* 環境

environ（*v.* 包圍）+-ment（字尾：…的名詞）=部署

We are now in the testing environment.

我們現在在測試環境中。

· **management** *n.* 管理

manage（*v.* 管理）+-ment（字尾：…的名詞）=管理

The management team wants to see this issue be solved by the end of the day.

管理團隊要這個問題在今天下班前解決。

Part
1
維修測試

Part
2
系統整合

Part
3
售後服務

UNIT 16 售後服務管理

 情境介紹

　　這個章節裡討論了很多關於售後服務（aftermarket / after-sales service）的科技英文及職場上可能遭遇的情境，目的就是讓你在討論到這個話題時，或是在職場上能夠有更多熟悉的相關字彙，其實很多時候，在英語對話或演說中，若能掌握多一些關鍵字彙，將對於整個內容的理解有更多的幫助喔！在售後服務最後一個單元裡，我們要以如何達到良好的售後服務做為總結。

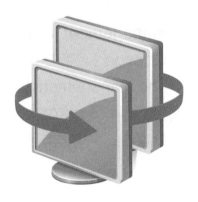

知識資訊站

　　如果能將科技運用在企業的管理上，必定能為營運的效能加分許多。售後服務的管理也是，良好的售後服務管理，必須考量到以下幾項重要因素：材料（如零件、組件）、人力（工程師、客服人員、原廠人員、倉儲（warehouse）人員、運送人員）、基礎設備（與材料的運送及儲存、維修相關的硬體設備）、資訊系統（Information System）及整個物流供應網絡（network）的溝通。能夠掌握這幾項關鍵因素，並創造更有效率的服務供應鏈，就能經營更強的客戶關係（relationship），並為企業帶來更多的營收及更具動態（dynamic）的產品生命週期。

Part 1 維修測試

Part 2 系統整合

Part 3 售後服務

 一問三答 ◎ Track 95

Q What are the technologies that can be applied to aftermarket service?

有哪些可以應用在售後服務的科技呢？

A1 ERP software is designed for reverse logistics.

專為逆向物流設計的企業資源規劃軟體。

A2 Business intelligence application can also be used for aftermarket service management.

商業智能也能夠應用在售後服務管理。

A3 Facilitate the technology platform to manage the service network system.

運用科技平台管理服務網絡系統。

Q ▸ How do we evaluate aftermarket service?
如何評估售後服務的好壞呢？

A1 ▸ Aftermarket service could be evaluated through a customer satisfaction survey.
可以透過客戶滿意度調查來評估。

A2 ▸ Long term follow-up and analysis of the repeat purchase rate could be a way to evaluate it.
長期的追蹤分析客戶回購率也是一種方式評估。

A3 ▸ Customers' loyalty to the brand is also related to the quality of aftermarket service.
客戶對品牌的忠誠度也與售後服務的品質有關。

關鍵字彙 Track 96

▶▶ en- 字首：to be；使成某種狀態

· **enable** *v.* 使能夠

en-（字首：使…）+able（*adj.* 能夠的）=使能夠

To enable logistics to function better, a new reverse logistic application has been adapted.

為了讓物流運作的更好，一項新的逆向物流應用程式被採用。

· **endangered** *adj.* 瀕臨絕種，瀕臨危機的

en-（字首：使…）+danger（*n.* 危險）=瀕臨危機

The Formosan Black Bear is an endangered species in Taiwan.

台灣黑熊是台灣瀕臨絕種的生物之一。

· **enlarge** *v.* 使變大

en-（字首：使…）+large（*adj.* 大的）=使變大

You can try to zoom in to enlarge the image.

你可以試著拉近讓影像放大。

· **enlighten** *v.* 啟蒙

en-（字首：使…）+lighten（*v.* 照亮）=使照亮=啟蒙之意

She enlightened me with her journey of being a Middle East reporter.

她在中東當記者的經歷啟發了我。

▶ em- 字首：賦予

・**empower** *v.* 授權

em-（字首：賦予）+power（*n.* 力量）=賦予力量=授權

A good leader would empower the team.

一個好的領導者會授權給團隊。

・**emphasize** *v.* 強調

em-（字首：賦予）+phasize（phasis *n.* 階段）=強調

The importance of aftermarket service cannot be emphasized more.

售後服務的重要性不能再強調更多了。

・**embrace** *v.* 擁抱，環繞

em-（字首：賦予）+brace（*n.* 支撐物）=擁抱，環繞

It felt so good to be embraced by the summer breeze.

被夏季的微風環抱的感覺真好。

・**emerging** *adj.* 新興的

em-（字首：賦予）+erge（merge *n.* 融合）+ing=新興的

China and India are considered emerging market in Asia.

中國和印度被視為亞洲的新興市場。

Learn Smart 074

科技人邁向國際的必備關鍵英單＋句型 (附 MP3)

作　　者	CF Hsu
發 行 人	周瑞德
執行總監	齊心瑀
行銷經理	楊景輝
企劃編輯	魏于婷
執行編輯	陳韋佑
封面構成	高鍾琪

內頁構成	菩薩蠻數位文化有限公司
印　　製	大亞彩色印刷製版股份有限公司
初　　版	2017 年 2 月
定　　價	新台幣 380 元
出　　版	倍斯特出版事業有限公司
電　　話	(02) 2351-2007
傳　　真	(02) 2351-0887
地　　址	100 台北市中正區福州街 1 號 10 樓之 2
E - m a i l	best.books.service@gmail.com
網　　址	www.bestbookstw.com

港澳地區總經銷	泛華發行代理有限公司
地　　址	香港新界將軍澳工業邨駿昌街 7 號 2 樓
電　　話	(852) 2798-2323
傳　　真	(852) 2796-5471

國家圖書館出版品預行編目資料

科技人邁向國際的必備關鍵英單＋句型/
CF Hsu 著. -- 初版. -- 臺北市 : 倍
斯特, 2017.02 面 ；　公分. -- (Learn
smart! ; 74)
ISBN 978-986-93766-8-6(平裝附光碟
片)
1. 商業英文 2. 讀本
　805.189